チュベローズで待ってる

AGE32

JN018254

20　三十二歳の夏

「いや、挨拶《あいさつ》とかそういう人前で話すの苦手なので、なしにしてもらえませんか。ミーティングの準備だってありますし。生意気ですが、僕のことはここにいるほとんどの人が知っているはずです。わざわざ挨拶だなんて」

「そんなこと言わずに、な、形式的なものでいいからさ」

　ＡＩＤＡから運んできた荷物を整理したいのに、人事部長の手嶋《てしま》がしつこくつきまとう。手嶋の隣に立つ人事部長補佐の飯倉《いいくら》も「八千草《やちぐさ》さん、そういうのしっかりしてほしいタイプなんだよ。さくっとでいいから、頼むよ」と僕の肩に手を置いた。

「そんなこと言うために朝早く出社されたんですか」

「着任の挨拶くらい、なんてことないだろう」

「直接的な仕事以外はやらないっていうのが僕のルールなんです。メディアのインタビューも断ってるの、知ってますよね」

「これだって立派な仕事だ。メディアに出なくてもお前のことは皆知っている。今のDDLにはお前より若いやつらも多いし、彼らにとってお前は憧《あこが》れの存在なんだ。ちょっとした挨拶でいい。それだけで皆の士気も上がる。頼むよ」

手嶋がそう言うと、飯倉は僕の肩に置いていた手にぐっと力を込めた。

大きなため息をつく。それが自分にできる精いっぱいの抵抗だった。

「簡単な挨拶しかしませんからね」

自分のデスクに荷物を置き、二人に促されるまま、フロアの中央に出る。

飯倉は用意していたマイクを通して、「おはようございます」とフロアにいる社員に呼びかけた。その数およそ三百人。集まった視線に思わず面食らう。

「ご存じの方も多いと思いますが、本日からＡＩＤＡの金平光太《かねひらこうた》くんが我が社に出向になりました。主に『ゴーストタウン』のスマホ連動プロジェクトに関わってもらう予定です。彼も不慣れな点がいろいろあると思うので、みんなでサポートしてください」

そう飯倉が話していると、フロアの隅にあるガラス張りの部屋から八千草が現れた。八千草と会ったのは就職試験の面接以来だったが、外見はほとんど変わっておらず、メガネとイヤホンの組み合わせもそのままだった。

飯倉からマイクを受け取り、一礼してから口に近づける。

「金平です。何人かは一緒に仕事したことがあると思うんですけど、ほとんど初対面ですよね。よろしくお願いします」

そう言ってマイクを置こうとすると、手嶋が声を出さずに「もっと話して」と口を動かした。またもため息をつき、再びマイクに声をのせる。

「『ゴーストタウン』の生みの親ってことで持ち上げられがちなんですけど、まぁあれはたまたまっていうか、まぐれみたいなもんで。もっと面白いことがこの場所から生まれてくると思いますし、みんなと一緒にがんがん仕掛けていけたら嬉《うれ》しいです。だからあんまり気を遣わないでください。逆に仕事しづらいし、いいことないんで。気兼ねなく話しかけてくれればとは思いますけど、かと言ってあんまりしつこいとそれはそれで迷惑なんで、適度な距離感でやっていきましょう」

ちらほらと笑い声が漏れた。

「よろしくお願いします。んじゃ、いいもの作りましょ」

そう言うとあちこちから拍手が起こった。手嶋は軽く頷《うなず》き、八千草はじっと前を向いていた。

「松村《まつむら》！」

「はい」

飯倉の声に返事をしたのはチェックのシャツを羽織った若い女性社員で、浅黒い肌と大きな口が特徴的だった。

「お前が金平に社内を案内してやれ」

「わかりました」

彼女は僕のもとに駆け寄り、「松村三夏《みか》と申します。よろしくお願いします！」と頭を下げた。

「案内とか別にいらないっすよ」

そう言うと手嶋は僕の耳に口を近づけ、「松村はなかなか見込みのあるやつだから、いろいろ教えてやってくれ。うまく合えばそのまま専属アシスタントにしていいから」と囁《ささや》いた。

それ以上手嶋と話したくなくて、言われるがまま松村と社内を見て歩いた。廊下には『ゴブリンインサイレンス』『アギザネイトの誓い』『クラッシャーボム』など、DDLがヒットさせた数々のゲームのパネルが所狭しと並べられている。

「ここが会議室AからEです。FからKは反対側のあっち。3Dトーキングが用意されているのはAとBのみです。トイレ、給湯室、プリンタ、自販機、社長室とか、わからない場所あります？」

「ありがとう。だいたい知ってるから大丈夫だよ」

「ですよね。こっちで仕事することも多かったですもんね。今さら金平さんにDDL案内する必要なんか絶対ないのに。手嶋さんもわかってないなぁ」

そう言うと松村は短い後ろ髪をめくりあげて、ハンカチで汗を拭《ふ》いた。

「でも金平さんが出向してくるなんてびっくりです。AIDAとしては残しておきたい人材だと思うんですけど。誰が決めたんですかね。あ、なんか上からっぽい言い方になっちゃってすいません」

この出向には八千草も関わっているとAIDAの人事に聞いている。

「少し早いですけどランチ行きません？　金平さんの話、聞きたいです」

「デスク整理できてないから」

暗に断ったつもりだったのだが、「手伝います！」と松村は食い下がった。勢いに負け、渋々デスクへと連れていく。彼女には書類を整理してもらい、僕はPC回りの環境をセッティングした。一通り終え、近くのイタリアンへ行く。廊下で松村の同期だという三人組の男とすれ違い、流れで彼らも同行することになった。初対面の相手と二人でランチするのもしんどかったのでちょうどいいと思ったが、結果的に後悔した。三人のうちひとりが僕のことを知らなかったからだ。「お前なぁ、金平さん知らないなんてどんな人生送ってきたんだよ」。一人がそう言ったのを皮切りに、僕は自分の経歴を改めて聞かされる羽目になった。

「金平さんは入社してすぐに『ゴブサイ・ダークネス』の制作スタッフに選抜されたんだ。あんなプロジェクトに抜擢《ばってき》されるだけでもすごいのにそこでいくつもアイデアを採用されて、しかも予想をはるかに上回るヒットを達成したんだよ」

彼の情報は間違っていない。『ゴブリンインサイレンス』はもともとＤＤＬから発表されたＳＮＳと連携したゲームアプリだった。そのあまりのヒットにＡＩＤＡから『ゴブリンインサイレンス〜ダークネス〜』という続編を出すことになり、僕はそれに関わった。

「でもすごいのはそれだけじゃない」

「ああ。もっとすごいのはそこからだ。そのあとすぐに『ゴーストタウン』を企画したんだからな」

入社三年目の頃、開発部が新たなアーケードゲームのアイデアを社内公募したので、僕は『ゴーストタウン』という以前から温めていた企画を提出した。それが採用され、僕は二十七歳でプロジェクトのサブリーダーに任命された。

ゴーストタウンのストーリー自体はそれほど目新しいものではない。記憶喪失の主人公がファースト《F》・パーソン《P》・シューティング《S》——プレイヤー視点で、ゴースト溢《あふ》れる異世界を戦い抜きながら、謎《なぞ》を解明していく。ありがちな展開でありながら、革新的だと評価されたのは3Dホログラムを用いたからだ。

ディストピア的な背景を映す3D画面の前に、空気をレーザーでプラズマ化させて出現させた立体映像——3Dホログラムでリアルなゴーストを出現させる。その臨場感から、実際にゲーム世界にいるような錯覚を引き起こす。

新しかったのはそれだけではない。ゴーストタウンにコントローラーはなく、手の動きのみで操作する。例えば戦闘シーンで銃を武器とした場合、引き金を引くジェスチャーをするだけで弾丸が発射される。ダメージを受けたときは、小さなプラズマが損傷した部分で弾《はじ》け、皮膚に軽い静電気程度の痛みを感じる。

二年の制作期間を経て完成したゴーストタウンは、新宿のゲームセンターに三機のみ投入された。すると中高生を中心に瞬《またた》く間に話題になり、全国の施設から設置依頼が殺到、特大のヒット作となった。

ゴーストタウン・プロジェクトのイニシアチブを取っていたのは自分だったが、リーダーには昇格しなかった。のちに部長から、同僚の嫉妬《しっと》によるトラブルを牽制《けんせい》するためだったと理由を聞かされた。

ゴーストタウン・ビジネスに味を占めたＡＩＤＡは、スマホアプリとの連動を構想した。しかしスマホ関連のゲームは関連会社のＤＤＬが取り仕切っているため、僕が出向する形でこのプロジェクトを進めることになった。

「まじっすか」

僕を知らなかった彼は顔を赤らめ、「自分、ゴーストタウンみたいなの作りたくて、ＡＩＤＡを志望していたんです。そっちはだめでＤＤＬに決まったんですけど、金平さんとこうして話せるなら、落ちてよかったです」と興奮気味に言った。

「それだけじゃないんだよ」と別の男が続ける。

「俺らがこんなラフな格好で仕事できるのも、金平さんのおかげなんだ」

「そうなんですか」

「金平さん、入社式に金髪、ジャージで行ったんだよ。どんなときもスーツを着なかったんですよね？　それに影響されて私服で来る社員が増えたって」

「それは違うよ」

注文したきのこのリゾットは手をつける暇がなく、表面が乾き始めていた。

「あの日はデニムにパーカーで行ったんだ」

四人の笑い声が店内に響き渡る。

「今日と全く同じ格好じゃないっすか」

「金髪で入社式って、さすがに僕らのときもいなかったっすよ」

「いきがってただけだよ」

ひとりが「俺も金髪にしたらなんか閃《ひらめ》くかなぁ」と呟《つぶや》くと、松村が「似合わないからやめときな」とすかさず言った。きのこのリゾットを口にする。冷めてしまって、あまり香りがしない。僕は半分ほど残し、会社に戻った。

会議室に入ると、予定の十分前にもかかわらず自分以外の全員が顔を揃《そろ》えていた。いずれも千名以上いる社員の中から選ばれた精鋭たちだ。円形のテーブルには自分を除いて十五名が座っており、他に専門的知識を持つエンジニアやプログラマー四名が、3Dトーキングで参加している。

3Dトーキングは直径三十センチ、高さ二十センチの円錐《えんすい》形をしたハードウェアで、各空席の椅子《いす》に設置されている。3Dホログラムによって、まるで参加者がその場にいるかのように空中に投影されるので、オンラインでもスムーズに会話できる。映像には多少ノイズがのるが会議をするには問題なく、ラグもないためビデオ通話よりもコミュニケーションがとりやすい。ゲーム業界は世界中で活躍する人間も多いので、

３Ｄトーキングはミーティングに不可欠だった。しかし高価なために数に限りがある。用意されている会議室が二つだけなのもそういった理由からだ。

参加者には八千草もいた。彼がミーティングの仕切りを僕に一任したので、まずはそれぞれに自己紹介してもらいながら、スマホ版の開発にあたってどのようなことを考えているか話してもらう。スマホのみでゴーストタウンを再現することは難しいため、どういうアプローチがあるか、方向性だけでも知りたかった。

各人に意見を発表してもらい、それから議論に及ぶ。スマホのみで再現するのか、はたまた別のデバイスと組み合わせるか。であればデバイスの開発にどれくらいかかるか、価格はいくらを想定するか。小型化は可能か。

ミーティングのスケジュールは三時間を予定していたが、初日なので一時間程度、軽く話し合えればいいと考えていた。しかし思いのほかいろんなアイデアが飛び出し、ひとつひとつを議論していった結果、予定の時間を過ぎてもなかなか終わることができなかった。途中で抜けた参加者はいるものの、終わりが見えたのは六時間を過ぎた頃だった。翌週のミーティングスケジュールを確認して解散にすると、参加者のひとりが「次回はもう少し早めに切り上げてくれませんか」と声をかけてきた。

「さすがに頭が回らないっす」

「そのつもりだったんだけど、つい。ごめんね。今度からそうするから」

「皆が金平さんの体力と同じだと思わないでくださいね」

そう言って彼は背を向けた。わかってはいたのに、やってしまった。

デスクに戻るとほとんどの社員はすでに退社していた。窓を見る。夜空に浮かぶ雲は街の明かりを吸い込み、鮮やかに染まっていた。しかし美しくはなかった。どこかで見たような雲だと思ったが思い出せない。

自分も荷物をまとめて退社する。新たなＩＤを取り出し、ゲートをくぐった。

21　クンジョル

蟬《せみ》の声に目が覚める。時計は午前五時三十分を表示していた。夏至よりも秋分の日が近くなったが、日の出はまだ早かった。歯を磨き、シャワーを浴びてコーヒーを淹《い》れる。

昨日終わらなかった仕事や自宅でもできるタスクをこなしていると、窓から差し込む陽が強くなっていく。比例して蟬の声も大きくなった。七時になり、出社の準備を始める。こうした朝を過ごすようになってもう八年が過ぎた。

着替えるためにベッドルームのドアノブを回した。フローリングの黒ずみはいまだに残っている。

クローゼットにある少ない服の中から、ざっくりとしたグレーのカットソーに手を伸ばして袖《そで》を通す。そのときスマホが鳴った。画面に表示されたのは知らない番号だった。少しためらうも、僕はその電話に出た。

「もしもし」

「光也《みつや》？」

誰だかすぐにわかった。ずいぶん久しぶりなのに、彼の声は変わっていない。

「亜夢《あむ》」

「番号変えてなかったんだね」

「あぁ」

妙な沈黙が漂う。

「朝早くからごめんね」

「平気だよ。で、どうかしたの？」

「あのね。パパが」

シミだらけの顔がぱっと脳裏に浮かぶ。

「死んじゃったんだ」

亜夢の口調は柔らかかった。僕は囁くように「そうか」と言った。

「昨日の夜、病院で。今日がお通夜《つや》で、その連絡。明日か明後日《あさって》には告別式もあるから、都合合わなかったらそっちに来てもいいし、まぁどっちにも来なくたっていいんだけど。久々にみんなにも会えるし、どう？」

亜夢はまるで同窓会にでも誘うような口調でそう言った。今夜仕事のあとなら顔を出せると伝えると、「遅くなっても構わないよ」と彼は言った。

「場所はチュベローズだから。じゃあ、夜ね」

「あとで」

僕は着たばかりのカットソーを脱ぎ、クローゼットの奥にしまい込んでいたスーツに手を伸ばした。

スーツ姿で出社したのは、ゴーストタウンで表彰されたとき以来だった。社員たちの視線がいつになく集まる。すれ違った女性社員から写真を撮らせてほしいと言われたが、断った。

松村も僕を見るなり「どうしたんですか！　誰かの結婚式ですか⁉」と、にやにやした顔で話しかけてきた。

「知り合いの通夜だよ。なぁ、周りに言いふらしてくれないかな。そうすればじろじろ見られないと思うんだけど」

「だからネクタイしてないんですね。でも、すごく似合ってます。光太先輩は、これからもスーツで出社するべきです」

松村はいつ間にか僕を下の名前で呼んでいる。

「ありえないね」

スーツを鞄《かばん》に入れていつも通りに出社することも考えたが、荷物が増えたり着替えたりする手間を思うと、こうするのが楽だった。

「私もスーツにしますよ。その方ができるアシスタントっぽいでしょ？」

手嶋の指示で松村は僕の専属アシスタントに任命された。初めは必要ないと思ったが、社交的で気が利《き》く性格は、出向したての身としては助かることも多かった。

「私、黒とグレーだったら、どっちのスーツが似合うと思います？」

ただ彼女の馴《な》れ馴《な》れしさに、うんざりすることもある。

「頼んでおいた資料、できてる？」

「あっはい、これです」

松村がまとめたプロジェクトの資料に目を通す。一部解釈の違いで齟齬《そご》はあったもののの、ミスというほどのミスではない。概《おおむ》ね問題なさそうだ。

「タクシーの中で修正できる？」

「はい。このくらいなら」

「じゃあ、そうしよう」

エレベーターへと向かう途中、廊下に面した扉から八千草が出てきた。目が合うと彼は近づいてきて「プロジェクトは順調かい？」と僕に声をかけた。彼と話すのは面接以来だった。

「ええ。特に問題ありません」

「これからどこへ？」

八千草は垂れた前髪をかきあげ、メガネの位置を直した。

「ゴーストタウン・プロジェクトに関わっている取引先を回って進捗《しんちょく》状況を確認してきます。最後はＡＩＤＡに現状報告に」

「そうか。３Ｄトーキングがあるとはいえ、直接会うのが一番だからな」

八千草はそう言って、僕ではなく松村の肩をそっと叩《たた》き、ＤＤＬへと戻っていった。彼の背中に頭を下げた松村は、顔を上げるなり「かっこいいなぁ」と呟いた。

「今、八千草さんが出てきた部屋は何？」

「よくわかんないんですけど、管理人室って噂《うわさ》ですよ。八千草さん、ここの管理人と仲いいみたいで、ときどきあそこに行ってるみたいです」

*

AIDAで元同僚に仕事の相談をされてしまい、断れず話し込んだ結果、東新宿駅に着いたのは夜十一時過ぎだった。すぐにチュベローズに向かいたかったが、あまりの空腹に立ち食いそば屋に寄る。通りすがりに見かけたバッティングセンターは健在だった。ホストクラブやキャバクラも当時の雰囲気やデザインと全く変わっていなかった。

この八年でタクシーは無人化され、コミュニケーションツールもテレビ電話や3Dトーキングへと移行した。新宿駅付近の変化は目まぐるしく、かつての面影はない。しかしこの一帯だけは、まるで時間に置いていかれたみたいに以前のままだ。懐《なつ》かしいというよりも戸惑いの方が強い。

そば屋に入り、ダブル海老天《えびてん》そばの食券を買う。味は変わっておらず、うまかった。なのに、どこか空《むな》しさが残る。店を出て稲荷鬼王《いなりきおう》神社を目指す。その裏手に、今もチュベローズはあった。ただ、ピンクのネオン管で縁取られていたカタカナの看板は、「TUBEROSE」となっていて、デザインもずいぶんとシンプルなものに変わっていた。

黒のネクタイを取り出して結ぶ。首を絞められているようで気持ち悪い。階段を下りてドアを開けると、騒がしい声と刺激的な香りが一気に漏れ出てきた。

店内を進んでいく。間取りは以前と同じだった。ただインテリアは通夜仕様になっており、店のトレードマークとも言えるチュベローズの花は、全《すべ》て白い菊の花に変えられていた。

「光也」

そう声をかけた男は、尖《とが》った顎《あご》に髭《ひげ》を生やしていた。

「来てくれたんだ」

「まさか、亜夢か」

かつてのあどけなさはどこにもなく、柔らかかった顔つきはずいぶんシャープになっていた。体軀《たいく》も厚みを増している。それでも瞳《ひとみ》にだけは彼らしい透明感が残っていた。

「まさかここで通夜をやるとはな」

「パパが望んでいたんだよ」

「喪主は亜夢が？」

「話はあとにしよう。パパに挨拶して」

正面の祭壇に、水谷《みずたに》の遺影と棺《ひつぎ》があった。鮮やかに彩《いろど》られ、金屏風《きんびょうぶ》には儒教の言葉が書かれている。

「パパはほら、在日だったから。儒教の作法でやってもらってるんだ。これは僕の勝手じゃないよ。パパの願いなんだ」

亜夢に作法を教えてもらう。

まず線香を上げる。それから両手を重ねてひざまずき、その手を床につけて深くお辞儀をする。これをクンジョルと呼ぶらしい。遺影に向かってクンジョルで二礼した後、起立した状態でもう一礼する。これが一般的な儒教の焼香らしい。

僕は亜夢に教えられた通りにし、クンジョルをしながら「おつかれさまでした、パパ」と呟いた。久しぶりに呼んだその愛称に、胸が軽くざわつく。

その後テーブルに案内され、通夜振る舞いの食事や酒にあずかった。

「パパはメラノーマっていう皮膚ガンだったんだ。発見されたときにはかなり転移していたらしい。だけど医者に診断された余命よりもずいぶん長く生きれたんだよ。光也と会ったときから十年だもん。だから本人も覚悟はできてて、晩年は俺の葬式はああしてほしい、こうしてほしい、ってずっと言ってた」

亜夢はそう言いながら瓶ビールをグラスに注ぎ、差し出した。グラスは見るからに高価なものだった。

「光也はどうしてんの？　すっかりサラリーマン？」

「あぁ、仕事しかしてないよ」

「ゴーストタウン作ったんでしょ？　記事で見たよ。すごいね、光也。結婚とかはしてないの？」

「してない」

「そうなんだ。すぐに結婚しそうなタイプだと思ってたけど」

口をつけるとビールの炭酸がちりちりと口の中で弾け、苦みが舌に広がった。

「亜夢はどうしてた？」

「旅してた。世界中いろいろ行ったよ。先進国から発展途上国まで、ほんといろいろ。でも二年前にいきなりパパから連絡が来て。全部をお前に譲りたいって。急すぎてびっくりだよ。それで帰国して、本当にパパに認知されて、あの人の面倒を見てた」

「でも前に、パパには家族がいるから、自分を認知するわけも財産を譲るわけもないって」

「家族とは何年も前に離別してたみたい。嫌われてたんだね。あの性格だから家族にもきっと強く当たってたんだ。家庭を顧みるようなタイプでもないし。家族全員パパを置いてどっかに行っちゃったんだって。笑えるよね」

死に際《ぎわ》は誰かにそばにいてほしかったということなのだろうか。家族の代わりに、たとえ愛人の子でも。どこか釈然としない話だが、亜夢本人はあまり悲観的ではなかった。むしろこの二年間は充実した関係を築けたらしく、満足げだ。

「で、今の仕事は？」

「フリーのライター。て言っても、いいネタがあったら知り合いの雑誌やウェブに売る感じ。金はあるから、のんびりやってるよ」

「意外だな。でも亜夢の記事、面白そう」

「なんでも書くよ。ゴシップや政治スキャンダル。このあたりはそういう話が入って来やすいからね。いいネタあったら、光也も提供して」

亜夢が親指を立てた奥で、入口の扉が開く。大ぶりなサングラスをかけた男が入ってきて、クリーム色の髪をわしゃわしゃとかき乱した。隣には背丈の低い青年がいる。見た目からしてホストだろう。

それまで賑《にぎ》やかだった部屋に緊張が走り、店中の男たちは二人に向かって「おつかれさまです」と頭を下げた。

「おつかれ、遅うなったのぉ」

22 再会

男はサングラスを外すと険しい表情であたりを見回したが、僕を見るなり細めていた目を大きく見開いた。

「光也！」

男は駆け寄り、僕を抱きしめる。

「久しぶりやなぁ！　会いたかったわぁ。元気にしとったか」

雫《しずく》の外見はあまり変わっていなかったが、水谷譲りの関西弁は前よりも板についていた。

「あぁ。お前も元気そうだな」

力強く握手すると、亜夢が間に入って「雫さん、気持ちはわかるけど、まずは」と棺の方へ促した。隣にいた若い男は会釈《えしゃく》し、二人は僕と同じように亜夢に作法を教わった。

水谷の遺影に雫がクンジョルをしたとき、彼の二度の土下座を思い出した。亜夢が金を持ち逃げしたときと、雫がチュベローズに戻ってきたとき。しかしクンジョルの意味合いは土下座とは異なる。謝罪や請願の土下座とは違い、クンジョルは敬意と感謝を表している。雫が水谷へ最後に向けた姿勢が、土下座ではなくクンジョルであることに、ひとつの物語の完結を見た。雫のクンジョルは深く、長く、とても篤実《とくじつ》だった。

頭を上げて戻ってきた雫は「光也にはまだ紹介してへんかったな。こいつ、ユースケ。ここの人気ホストや」と、隣の青年の肩を叩いた。

黒く長い髪から覗《のぞ》くユースケの顔は小さかった。首は細く、尖った喉仏《のどぼとけ》がやけに目に入る。

「どうも」

その声は思いのほか高く、鋭かった。

「いくつになったんやっけ？」

「二十五っす」

生意気な口調だったが、特に気に留めない。こういう態度のホストはあの頃にもよくいた。

「もう五年も働いとんのか。こいつはな、チュベローズだけやなくて、この街でも人気者や。新宿にユースケを知らんやつはおらん」

「言いすぎっすよ」

彼はちらっとこちらを見たが、すぐに視線を逸《そ》らした。その一連の動きに引っかかるものを感じ、彼の横顔をまじまじと眺めた。なぜか懐かしい感じがするが、気のせいだろうか。

「ほんで、光也はどうしてたんや」

ざっくりと説明すると、雫は「ほぉ、お前はほんますごいやつやったんやなぁ」と感心して言った。

「雫は今もチュベローズにいるのか」

「あぁ。でもここちゃうで。大阪に二号店出してん。ここはパパとユースケが仕切っとって、俺があっちの面倒を見とる。接客はもうほとんどしてへん。すっかり経営者や」

「ミサキとは？」

「大阪で一緒に暮らしとる。子供も三人になってもーたからな。育児に追われてかなわんわ」

グラスの中身をビールからチャミスルに変え、僕ら四人は改めて水谷に献杯した。それから何度も杯を交わした。今目の前に、本当に昔の仲間がいるのか確かめるように、しつこく飲んだ。

「久しぶりのチュベローズはどうや」

雫の外見は変わっていないと思っていたが、唇のくすみやわずかなシミには彼の時間がまぎれもなく刻まれていた。

「こう言うのはなんだけど」

天井を見ると、昔と同じ照明が淡い光を放っていた。

「正直、今もチュベローズがあるとは思っていなかった」

「失礼やなぁ」

「悪い意味にとるなよ。正直な気持ちだ。コミュニケーションの形が変わったこの時代に、ホストクラブにくる人間がいるなんて思えなかったんだよ。技術はあの頃から信じられないほど進歩したし、多くのことが疑似体験できるようになった。恋愛感情だってそれなりに補える。わざわざホストに高い金を払わなくたって、同じような快感を得ることはできるはずだ。だから……合理性を求めるこの時代には合わないサービスだと思ってた」

亜夢は小さく笑い、雫は虚をつかれたような顔で僕を見ていた。

「光也の言うことにも一理あるやろな。実際ホストクラブに通う人間は以前にも増してマイノリティーや。けどな、体温、感触、におい。人はこういうものをちゃんと実感しとらんと、生きていかれへん」

「ホストクラブだからって特別感じられるわけじゃないだろ。ベタベタ触り合うわけでも、嗅《か》ぎ合うわけでもない」

「昔はそうやった。でも今はそういうこともある」

「まさか」

「法律に触れるから公《おおやけ》にはしてへんけどな」

ユースケが気まずそうに俯《うつむ》いた。

「確かに、肉体の交わりをリアルに疑似体験できるところまではテクノロジーは追いついていない。だけど、そもそもセックスに価値を求める女性も少なくなってるんじゃないか」

「相対的に減っても、ゼロにはならん。アナログレコードだっていつまでもあるやろ。一度生まれたもんはな、そう簡単にはなくされへんねん。いいもんも、わるいもんも」

明け方になるまでチュベローズに残った。最後までいたのは亜夢と雫と僕の三人だけで、他の参列者はいつの間にかいなくなっていた。「また、そのうち飲もう」。口々にそう言ったが、きっと実現しないだろうと思ってしまう。今日再会するまで、ずいぶんと時間がかかったのだから。

東新宿の退廃的な空気を振り払うように、ドライバーレス《D》・タクシー《T》に乗り込み、帰路に着く。自宅の前で降りると雨は降っていないのに湿った土のにおいがした。公園に生い茂る木々は、うっすらとした朝日と街灯の両方に照らされている。

エントランスに入ると、パーカーのフードをかぶった男が壁にもたれていた。あまり見ないようにしながら鍵《かぎ》をとり出すと、「光也さん」と彼は言った。見ると、ユースケだった。

「なんでここに」

驚いてそう言うと、「なんでだと思います？」と彼は聞き返した。酔いでぼんやりする頭を無理やり働かせるものの、心当たりはない。

「そうっすよね。んじゃ、話しますから、中に入れてもらっていいっすか？」

彼は気だるげにフードを外した。そのときの表情に見覚えがあった。

「お前、もしかして」

懐かしさの正体が今になってわかる。しかしそれは一度会っているからではない。

「思い出しましたか」

眉《まゆ》の形は彼女そのものだった。しかし顔つき全体は以前よりも似ていなかった。

「斉藤美津子《さいとうみつこ》の甥《おい》の、斉藤優介《ゆうすけ》っす」
＊

部屋に上がったユースケは、舐《な》め回すように部屋のあちこちを見回した。

「マジでそのままなんすね。普通気持ち悪くて住めないと思うんすけど」

彼の言葉に鋭いものを感じる。

「どうして俺がここに住んでるって知ってるんだ」

「ずっと見てたんで。あの、コーヒーってあります？」

追い返したいが今はそうもいかない。手間だがしかたなくキッチンに行き、電気ケトルに水を入れてスイッチを押した。その間もユースケは僕の後をついてくる。

「ねぇ、なんでここ選んだんすかー。人が死んだって知ってんのに」

「ひとり暮らしを始めるのに通い慣れた場所の方が楽だったし、事故物件で半年ほど過ぎても空いてたから。賃料も信じられないくらい安かった」

「通い慣れたねぇ」

ユースケが顎先まである前髪を指にからませる。

「でも光也さん、あのときすごい動転してたのに。本当、よくわかんないっす」

自分でもよくわからない。しかしここは、あんなことがあっても、僕にとって落ち着く場所だった。

「光也さんはどうして俺がホストやってるかとか、聞かないんすか」

「話したいなら勝手にどうぞ」

ケトルがぼこぼこと沸騰《ふっとう》し始め、スイッチが自動的に切れる。ユースケが「俺の母親とおばさんってずっと仲が悪かったんすよ」と淡々とした口調で話し始めた。

「だから小さいときからおばさんに用があるときは、俺が行くことになってて。あの日もおじいちゃんの法事の話をしに、おばさんの家に行ったんです。急な話だったんで連絡せずに向かったんですけど、その途中、道の遠くで歩いてるおばさんを見つけたんです。声をかけようかなって思ったんだけど、どこ行くのか気になって、話しかけずにあとをつけました。おばさんがホストクラブに通っているって知ったのはそのときです。びびりましたよ。あの人、親戚《しんせき》で一番地味だったし、堅実な感じだったから。かと思ったら、それから何ヶ月かしておばさんは自殺したじゃないっすか。母親から、おばさんが会社の金を横領してたって聞いて、マジでわけわかんなかったすよ。それであの日、おばさんの遺品整理をしてたら、光也さんが訪ねてきました。あ、あんときは光太って名乗ってましたね。それで、あなたの顔見た瞬間だったかな。俺、ピンときたんすよ。『あ、この人がおばさんが指名していたホストだ』って。なんでかわかんないけど、そんな気がした。俺の勘、マジ当たるんすよ」

カラフェにドリッパーを置いてペーパーを敷く。そこに挽《ひ》いた豆を入れ、細く湯を注いだ。

「光也さんがここに来た何日かあと、おばさんが通っていたホストクラブまで行って待ち伏せしました。おばさんが死ぬきっかけになったあなたが、どんな顔して働いているんだろうって。正直、すげー暗い顔を期待してたんすよ。もっと言えばチュベローズに来なければいいとさえ、思ってた。働けないくらい落ち込んでればいいのにって。吐くほど動転していたあなたが、そのまま病んじゃえばいいのにって。でもあなたはあの日のことなんてなかったみたいに、普通にホストとして働いていた。トップクラスの売り上げを維持できるくらい、毎日働いてた。それ見たとき、俺って世の中のこととか人間のこととか、なんにもわかってねえんだなぁって思ったんすよ」

美津子が死んだ夏以降も、僕はホストを続けた。それが水谷の条件だったし、母と芽々《めめ》のために金を稼ぎたかった。でも本当は、それだけが理由じゃない。

「なんで、あんな風にホスト、続けられたんすか」

美津子のことを忘れたかった。そのためには美津子が亡《な》くなる前と同じように過ごし、雫やホスト仲間と過ごす派手な生活を楽しまなければいけなかった。僕はナンバーワンからスリーを行ったり来たりするほど成功していた。そういう成功体験とか売り上げの評価だけが、当時の僕に活力を与えてくれた。

「忘れたよ」

お湯を注がれたコーヒーの粉は、まるで呼吸するように膨らんだ。

「そうっすか」

ユースケは退屈そうにそう言った。

「で、俺はこう思ったんすよ。ホストやってみないとおばさんのこともあなたのこともわかんないんだろうなって。あんときはまだ高二だったから、二十歳まで待ってチュベローズに志願しました。残念ながらもう光也さんはいなかったけど。タバコ吸っていいっすか？」

近くにあった灰皿を差し出し、リビングの窓の方を指差した。彼はそれを持って窓の方へと行き、僕もカラフェとカップを二つ持ってテーブルへと移動した。

「今の話によれば、ホストって職業は、美津……お前のおばさんの人生を、そしてお前自身の人生をも狂わせた仕事になる。それに自らなろうなんて、矛盾してないか」

ユースケは窓を開けてタバコに火をつけ、煙を大きく吸った。

「そうっすよね。俺もわかんないっす。でもそれが人間なんじゃないっすか。ここに住んでる光也さんならわかりますよね？」

彼はそう言ってふっと笑い、口の端から煙を漏らした。

「ここまでくんの、マジで大変でした。チュベローズ入ったら光也さんのすごさがわかりましたよ。半年でナンバーワンになった人、俺が入ってからは数人だけです。俺は一年以上かかりましたし。それも雫さんの厳しい指導あってですし」

「それで？ ホストになって、お前が知りたかったことはわかったのか」

カップにコーヒーを注ぎ、彼に差し出す。それから自分の分にも注いだ。

「いや、全くっすね。やればやるほどわかんなくなっちゃいました」

窓が開いているにもかかわらず空気は流れず、白い煙が部屋に充満していった。

「チュベローズで働きながら光也さんのことも調べました。おばさんが愛した男が、おばさんの死を悲しんだ男が、おばさんを殺したかもしれない男が、どんな人生を今後歩んでいくのか、すごく興味があったんで。ここにいることも、そのとき知りました」

ユースケはタバコを灰皿に押し付け、窓を閉めた。

「どうして今さらこんな話をしにきた。俺の居場所を知ってたなら、いつだって話すことができただろ」

「それじゃだめだったんすよ。ちゃんと、自然な形じゃなきゃ」

彼がゆっくりとコーヒーを啜《すす》る。

「いつか光也さんに、意図的ではなくて自然な形で会う日が来たら、この話をしようって決めてました。運命っていうんすかね。誰からでもなく、神様が仕組んだもの。それが機が熟したタイミングだって思ってたんです。今日がその日。パパが亡くなって通夜で会う。とても自然でしょ？　もちろん今日会えない可能性だってあった。光也さんが来ないこともありえたし、時間が重ならないことも。でも俺たちはこうして、偶然会った」

運命。

美津子が首を吊《つ》ったドアノブと床の黒ずみに目をやる。あまりに見慣れてしまい、今はもうなんとも思わなくなっていた。

「そして会ったら聞こうと思ってた。おばさんと何があったのか。なんで彼女が死ななくちゃならなかったのか」

「俺は、お前以上のことを何も知らない」

「知らないわけないでしょ」

「本当だ」

「だとしたら知りたいはずです。死の真相を」

煙の向こうでユースケが睨《にら》んでいる。

「あんただっておばさんの被害者でしょ。俺らはおばさんに巻き込まれ、人生を曲げられた。なんでこんなことが起きたのか、知らなきゃいけないんすよ。あんただって知りたいはずだ。だからこんなとこ住んでんでしょ。忘れられてないでしょ」

「もう帰れ」

僕はそう言ってユースケのカップを取り上げた。

「俺は今を生きてる。お前からすれば変に見えるかもしれないが、俺にとってはここに住んで暮らすことがもう日常なんだ。お前の言葉を借りれば、自然なんだよ。これ以上話すこともないし、思い出すこともない。もし美津子の真相を知ったとして、生活の何かが変わることはないし、変わることも俺は求めていない」

「でも救われるかもしれないじゃないですか」

「救いなんてない。あるのは自己満足や安っぽい達成感だけだ」

「それでもいい。俺は知りたい」

すると彼はポケットから自分の名刺を取り出し、こちらに見せた。「ユースケ」という名前の下に「ｆｏｒ　ＶＩＰ」とあり、電話番号が書かれていた。個人的なやりとりの許された、特別な顧客に渡す名刺なのだろう。

「連絡、待ってますから」

彼は名刺をサッシの隙間《すきま》に差し込み、荷物を持って玄関へと向かった。

「ひとついいか」

「なんすか」

「ユースケって本名なのか」

「そうっすけど」

「プライバシーにかかわるから源氏名にしろって、言われなかったのか？」

「俺、嘘《うそ》つきになるの嫌だから」

ユースケは靴に足を入れながらそう言った。

「じゃあ、俺からもひとついいっすか」

「ああ。なんだ」

「ゲーム会社で働くとか、全然似合ってないっすよ」

玄関の扉が閉まる。部屋はまだ白く霞《かす》んでいた。

23　抗議文

ＮＰＯ法人「フレンズ」からＡＩＤＡに「『ゴーストタウン』の安全性に対する抗議文」と題されたメールが届いたのは、ユースケが家に来てから一週間後のことだった。抗議文の内容は、大阪某地区でゴーストタウンを利用した子供たちが目眩《めまい》や嘔吐《おうと》、頭痛、ひどい場合は癲癇《てんかん》発作の症状を訴えており、にもかかわらず子供たちが遊ぶことをやめようとしないため、全てのゲームセンターからゴーストタウンの即時撤去を要求する、というものだった。それを裏付ける複数の医師の診断書や、保護者による直筆の手紙の画像も添付されている。

ただの抗議文であればそれほど問題にならなかったかもしれないが、「フレンズ」はＡＩＤＡにメールを送りつけた直後、ホームページに抗議内容を全文掲載した。するとネットで一気に広まり、その日の夕方にはテレビがこの件について取り上げた。瞬《また》く間に社会問題となり、国民的ゲームだったゴーストタウンは、途端に害悪として扱われるようになった。

翌日の午後二時、僕と八千草はAIDAに呼ばれ、第一回目の対策会議は関係者十数名という少人数で行われた。会議が少し遅い時間に設定されたのはそれぞれが対応を練るためと、地方出張していた幹部たちを待つためで、その間は一貫して「現在確認中」と発信するに留めた。しかしその対応の遅さを指摘するメディアも徐々に現れ始めていた。

会議室のモニターには各局のワイドショーが消音《ミュート》の状態で流されていた。どのテレビ局もこのゴーストタウンの件を報道している。重たい空気を裂くように口火を切ったのは、ゴーストタウン開発当時のプロジェクトリーダーだった宇都宮《うつのみや》だった。彼は語気鋭く「この抗議文はでたらめです！」と役員たちに向かって言った。

「我々は当初から、このゲームに問題がないか精査して作っていましたし、うちのアドバイザーからも『他のゲームと比較しても特異な点はない』というコメントをもらっています。そうだったよなぁ、金平！」

ＡＩＤＡに限らず昨今のゲーム会社はどこも、あらゆる面で問題が起きないよう医師や専門家と契約している。ゴーストタウンは他にない最新技術を採り入れているため、いつにも増して多くの意見を募り、細心の注意を払って制作を進めていた。

「発売当時の水準にはなりますが、専門家はもちろんコンプラ部にも慎重に確認しましたし、安全性に問題はないという判断でした。ですよね？」

コンプライアンス部部長の渡辺《わたなべ》に視線を送ると彼は「ええ」と頷《うなず》いた。

「ちょっと待て」

八千草はそう言ってテレビのリモコンを手にし、ひとつの番組を選択して拡大した。画面に映っていたのは中学生へのインタビューで、場所は抗議文にもある大阪の某地区だった。

八千草がボリュームを上げる。取材記者の「ゴーストタウンで体調不良になるって話知ってる？」という質問が会議室に響くと、首から下だけが映された中学生が「はい、最近よく聞きます」と答えた。

「最近ってことは、これまではなかったってこと？」

「そうだと思います」

「どうして最近になって？」

「なんか、最近ゴーストタウンがアップデートして。キャラクターとか戦闘ステージが増えたり、武器のエフェクトが派手になったりしたんですけど、そのなかである組み合わせをするとめっちゃやばいって噂が広まってて」

「やばいって？」

「超きもちいいって」

「え、でも体調不良になるんだよね？」

「はい。でもその直前が、なんかふわふわするっていうか、いい感じにぼーっとするみたいで、みんなそれを体験したくてやってるみたいな」

「それって危険な感じじゃない？　君はやったことあるの？」

「僕は怖くてやったことないんですけど、やった人はみんなやめられないって言ってて──」

宇都宮の「好き勝手喋《しゃべ》ってんじゃねぇ！」という怒号が中学生の声に重なる。対照的に八千草は「これはよくないな」と静かな声で言った。

「アップデート時のプロジェクトを仕切っていたのは？」

「河合《かわい》のはずです」と僕は答えた。宇都宮はゴーストタウンが軌道に乗ったあとは別のプロジェクトのリーダーになり、僕自身もＤＤＬへの出向で最近のアップデートには全く関わっていなかった。

「河合、会社にいるか？」

「呼んできます」とＡＩＤＡの社員が部屋から出ていく。それから五分ほどして、河合がやってきた。

「失礼します。なんでしょうか」

「ゴーストタウンに抗議のメールが届いたのは知っているね」

「はい」

「現在どこに問題があったのか、はたまた問題などないのか調査しているんだが、今テレビのインタビューで最近のアップデートが原因かもしれないという意見があった。心当たりはあるかい」

淡々とそう話す八千草に、河合は目を泳がせた。その態度に宇都宮が「まさかお前、今回のアップデート、アドバイザー入れなかったのか？」と詰め寄った。

河合が黙っていると、宇都宮が「てめぇ！　なんとか言え！」と彼の胸ぐらに摑《つか》みかかった。僕が止めに入ると河合は声を震わせ、「すいません」と俯いた。

「なんで確認しなかった？」

河合は再び黙り込み、顔を赤らめた。見兼ねた八千草が河合を椅子《いす》に座らせ、「いいから、正直に言いなさい」と優しく言った。河合はしばらく目を瞑《つむ》ったあと「今回のアップデートは初めからかなり無理があったんです……」と呟《つぶや》いた。

「『アピジェンダル』とのコラボとか、そういったメディアミックスの事情もあって、アニメの放映タイミングからすると、かなり切り詰めないと間に合わない状態でした。スピードとクオリティをあげるには人員増やすしかないじゃないですか。なのに予算は限られてて……」

『アピジェンダル』は今最も勢いのある少年マンガで、この秋からアニメ化が予定されている。それと合わせてゴーストタウンともコラボレーションすることになり、今回のアップデートで『アピジェンダル』のキャラクターが期間限定で使えるなどの仕掛けをしていた。

河合の話を聞いた宇都宮は血相を変え、「ってことはまさかお前、テストもやってないのか?」と言った。ゲームの発売やアップデートを行う際は、テスターと呼ばれるバイトを雇い、バグなどの問題がないか入念にチェックする。制作を間に合わせるために人員を増やした結果、テスターに割く予算がなくなったということか。

「テストしてねぇってしゃれになんねーぞ!」

「でも!」

声を荒らげる宇都宮に河合は食ってかかった。

「テストやってたら発見できた問題とも思えません! それにアップデート後の評判

はとてもよくて売り上げも過去最高に伸びてます！　なのに、こんなわけわかんない抗議突きつけられて意味不明っすよ！」

「河合」

八千草の低い声が河合の言葉を遮った。

「確かに今回被害を訴えているのは中学生以下だ。テスターには未成年はいないのだから、テストをしても見つけられなかっただろう。しかし河合の独断で黙ってテストしなかったのは問題だし、また無茶な計画を押し付けた側にも問題がある。その点は早急に見直し、二度と同じことを繰り返さないよう努めろ」

河合は赤い顔をずっと床に向けている。

「この件がここまで広まった以上、まずは何か対策を示さなければならない。どうすべきかそれぞれ意見を聞かせてほしい」

宇都宮は「アップデートが問題だったんなら、もとに戻すのが手っ取り早いんじゃないっすか。それから問題の部分を修正後にテストして、再びアップデートするのがいいと思いますけど」と口にし、河合を一瞥《いちべつ》した。それに対してＡＩＤＡの役員たちは、「それで収まるだろうか」「戻すことで不具合が出ないとは言い切れないだろ」「急ぐとなるとその分、金もかかってくる」などと尻込《しりご》みした。

「それ以上に」

僕が口を挟むと視線が一気に集まる。

「抗議に屈して非を完全に認めたとなると、ゴーストタウンの純粋なファンの信用を失います。河合の言うように今回のアップデートは評判もよく、実際に売り上げも格段に伸びています。今もとに戻せば健康被害を認めたことになりますし、ゲームもしばらくプレイできません。その間にファンは離れます。ここまで積み重ねたものが崩れかねません」

「一理ある」と八千草は言った。

「ここは大事な局面です。対応次第によっては今後ゴーストタウンは凍結したコンテンツになります。ですから」

会議室は途端に静かになった。

「私の意見としては、まず年齢制限がいいのではないかと思っています」

「なるほど」と八千草は即座に反応した。

「十五歳以上からの被害報告はありません。ですのでゴーストタウンの利用を高校生以上に限ります。かつ高校生には利用時間を制限します。現状、二十四時間営業のゲームセンターも多いです。例えば午前十時から午後十時などの制限をかければ、ＡＩ

ＤＡが社会の健全化に一役買ったようにも見えるでしょう。もし健康被害が事実無根だと証明されれば、年齢は十二歳まで引き下げてもいいですし、少し話は飛躍しますが、小学生専用のゴーストタウンを開発してもいいでしょう」

そこまで言うと、渡辺が「とはいえ信頼が落ちることには違いないし、売り上げも必ず下がる」と僕に言った。

「それで根本的な解決と呼べるのか」

「一時的にはそうなります。ですが結果的にゴーストタウンの総合的な収益は上がります」

「なぜだ」

「ＤＤＬからスマホ版のゴーストタウンが出るからです」

ほお、と数人から声が漏れる。

「誰でも、いつでも、どこでもできるゴーストタウン。スマホでそれができるようになれば、高校生以下はゲームセンターに入れない時間帯もスマホで遊ぶことができますし、ユーザーはきっと喜んでくれます。開発のハードルはかなり高くなりますが、もし期待を上回る製品ができればゴーストタウンは今以上に人気のコンテンツになります」

納得の声が上がる一方、広報部長の板垣《いたがき》が「しかし今はゴーストタウンのイメージが著しく低下している。そんな中でスマホ版のゴーストタウンを発表しても、利用者は喜んでも世間からの風当たりは強くなるぞ」と言った。

「ですね。なのでその前にゴーストタウンのネガティブなイメージを払拭《ふっしょく》するところから始めなければいけません。ゴーストタウンは健全であり、なんの問題もないと速やかに証明する必要があります。そののち、年齢制限、時間制限は解除しないままでスマホ版のリリースを発表するのが理想の段取りだと考えます」

「そのネガティブなイメージを払拭するのが一番難しいだろ」

「おっしゃる通りです。解決に向けて、まず抗議文を出したNPO法人に対応するべきですが……そもそもこの『フレンズ』って、何者なんですか」

板垣が「それがよくわからないんだよな。いろんな被害者の会を作ってはセミナーを開いて抗議文を送りつけているようなやつらでさ。ちょっと宗教団体っぽい感じもするんだよなー」とめんどくさそうに言った。

八千草が「本部はどこに?」と聞いた。

「大阪です」

すると役員のひとりが、「またか。大阪ばっかりだな。営業部、そもそも健康被害って事実なのか？」と営業部長の富浦《とみうら》に言った。

「担当地域の支店に確認したところ、事実みたいです。ただ被害が頻出するようになったのはほんとここ数ヶ月の話で」

「アップデートのタイミングと重なるな。全国で似たような被害があるかは確認したのか」

「全支店に確認が取れたわけじゃないんですけど、現状大阪だけのようです」

「え？」

河合が嬉《うれ》しそうに「それじゃ、ゴーストタウン自体に悪影響があるって証明にはならなくないですか？」と口にした。

「変ですね」

「あぁ。ちょっと裏がありそうだな」

八千草とごく自然に会話していることが、なんだか不思議だった。しかし今はそんなことを気にしている余裕はない。

「『フレンズ』について調べた方がよさそうですね。明日大阪へ行って様子を見てきます」

そう言うと宇都宮が「金平自ら行くのか？」と目を丸くして言った。他の人たちも宇都宮と同じような表情を浮かべていたが、八千草だけは「頼んだ」と言った。

「話はだいたいまとまったな。広報は今の内容のコメントを発表しろ。営業チームは年齢制限、時間制限に向けて具体的な段取りを速やかに行い、河合たちは念のため今からアップデート版のテストをしろ」

それぞれが返事をすると、みんないくらか軽い足取りで会議室を後にした。

24　けいさつよぶ？

翌日状況報告のミーティングに参加し、軽く作業を手伝った後に僕は松村と大阪まで足を運んだ。新大阪に到着したのは午後七時を回った頃だった。

改札を抜けると「光也！」と声がした。サングラスをした雫が高級外車の運転席から手を振っている。車は胸焼けしそうなくらい黒々としている。手を振り返し、松村とともに後部座席に乗り込んだ。

シートベルトを締める雫に松村が名乗り、雫もそれに答える。それから彼は「この子には光也のことどこまで言ってええん？」とサングラスを少しずり下げ、バックミラー越しに僕を見た。

「人と会うこと以外、何も話してない。だから変なこと言うなよ。松村も何も聞くな」

しかし松村はいつもの調子で「なんで光也って呼ばれてるんですか？」と雫に尋ね

る。

「だから聞くなって」

「そう言うたってな、普通に話してたら三夏ちゃんもいろいろ聞こえてしまうやろ」

「もし何か知ったとしても全部忘れろ」

こうなるのは目に見えていた。だから松村は連れてこないつもりだったが、松村本人が「アシスタントが同行しないなんておかしいです。ぜひ連れてってください」と言って聞かなかった。最終的に「女性がいた方がやりやすい局面もあるかもしれませんよ」と押し切られ、しかたなく同行を許可した。ただし、大阪で見聞きしたことは他言しないというのが条件だった。

「そんなことよりすまないな、急にこんなことを相談して」

「ええんやって。葬式で久しぶりに会ったのもなんかの縁やしな」

「次に会うのも八年後だと思ってたよ」

雫が笑って「あほなこと言いなさんな」と言った。

「わしはすぐ連絡来ると思ってたで。昨日このニュース見てな、ピーンときたんや。『絶対電話かかってくる』って。そう思ったらほんまにかかってきて、俺の勘は今日もビンビンやと思ったわ」

雫はそう言って大きく口を開き、笑った。

「こっちのことは俺らに任せぇ。ほんでな、さっそくおもろいことがわかったで」

「本当か」

「あとで詳しく話したるわ。先に飯にしてもいいけど、どうする？」

「いや、先に知っている情報を話してほしい」

「わかった。じゃあ『チュベローズ』で話そか？　あそこの個室なら安全やし」

「ありがとう」

高速道路の照明が車内を一定のリズムで照らし出す。

松村が「え⁉　『チュベローズ』ってホストクラブなんですか⁉」と突然声をあげる。手にはスマホが握られていたので、ネットで調べたのだろう。

「せやで三夏ちゃん。俺はホストや」

「言われてみれば、そんな感じですね」

「こいつも元ホストやで」

雫はそう言って僕を指差した。松村は「なんですか、それ。大阪の人なのに冗談わかりにくいです」と言い、雫はそれを聞いてケタケタ笑っている。僕は黙ったまま高速の照明を眺め続けた。

チュベローズ大阪店は繁華街の中心にあった。街並みは新宿に似ていたが、新宿よりも派手やかで猥雑《わいざつ》な印象だった。特に賑《にぎ》わう一角の古びたビル、その二階にチュベローズはあった。看板は新宿で見たものと同じだった。中に入ると開店前特有の静けさとチュベローズのにおいがクラブを包んでいた。

　雫に案内される間、すれ違ったひとりが「光也さんですよね？　おつかれさまです！」と声をかけてきたので軽く会釈《えしゃく》をした。個室に入ると女性がひとり座っている。彼女は僕を見るなり、「久しぶり！」とハグをした。僕も彼女を軽く抱きしめ、「久しぶりだな」と応《こた》えた。

　松村が怪しい目を向けるので「雫の奥さんのミサキだ。彼女は俺のアシスタントの松村」とそれぞれを紹介した。

「パパの通夜《つや》の話をしたらお前に会いたがってな」

　雫はそう言いながらソファに腰掛けた。

「子供は？」と尋ねると、ミサキは「知り合いに預けてきたよ。こんな夜、次にいつあるかわからないからね」と雫の隣に座った。

「今日の接客は私がやるね。何飲む？　シャンパン？」

「乾杯したい気持ちはやまやまなんだけど、まずは素面《しらふ》で話したい。何があったか、教えてくれ」

ミサキはわざとらしくいじけて「じゃあお茶持ってきまーす」と部屋から出ていった。

「『フレンズ』については、ここのホストに聞いたらすぐわかった。なんでかっていうとな、『フレンズ』のメンバーに、ここの元お客さんが何人かおるんや」

「元？」

「そこ、ひっかかるやろ？　前にこの店をツケで払ってた客がおったんや。ほんでそいつ、払わへんまま連絡つかなくなって。だから探偵雇って捜しだしたことがあってん。で、おった場所が」

「フレンズ、ですか」

松村は前のめりになって雫の話を聞いた。

「せやねん。そのことは覚えとってんけど、宗教団体やと思ってたから今回の話とはすぐに繋《つな》がらんくてな」

「宗教団体かもしれないという憶測は社内でも挙がってた」

「その客、なんとかフレンズから引っ張り出したんやけど、結局一銭も持ってなかってん。だから支払い請求することもできんくて。でも訴えたりもせんかってん。めんどうやし、別に売り上げに困ってたわけやないし。見て見ぬふりしたんや。その代わり、このあたりのホストクラブやバーは出禁やけどな。ほんで昨日の晩、光也から連絡あってからそいつを呼び出して、タダ酒振る舞ってん。最初はびびってたけど、久しぶりにいい酒飲んだんやろな。すぐに気持ちようなって全部話してくれたわ」

「すまないな」

戻ってきたミサキはそれぞれの前にお茶を置いたが、自分にはシャンパンの入ったグラスを用意していた。

「気にせんでええ。ほんでな、『フレンズ』は宗教団体とかではなくてどちらかといったら救済施設みたいなんに近かってん」

「救済施設?」

「ここの元お客さんが結構おるって言うたやろ。つまり、金払えなくなったやつらがそこに逃げ込んでんねん。他にも薬物中毒者とか、そういうのが結構おるらしい」

「ダルクみたいな感じですか?」

松村がメモを取る。

「いや、更生施設とは違うねん。そこにおるのは『元』薬物中毒者ではなくて、今もヤク中なわけやから。一見すると、うまく生きられへん人集めて『一緒に生活し活動しましょう』っていう慈善団体や。でもな、財源どこやねん、って話やん。在籍者かなりおんねんで？　生活費バカにならんやん？」

「どこから資金が流れてるってことか」

「円月会《えんげつかい》系列の徳松《とくまつ》組」

雫によると、円月会というのは関西最大の指定暴力団で、徳松組は円月会の若頭《わかがしら》、山際勲《やまぎわいさお》が組長の二次団体だという。

「フレンズは徳松組の隠れ蓑《みの》になってるわけや。よくあるパターンやな。ほんでそこにいるやつら使って、企業なんかをゆすって金儲《かねもう》けするわけ」

「じゃあ私たちはその徳松組にゆすられているってことですか？」

松村が手を止め、僕の顔を見る。

「徳松組に恨み買うようなことでもしたか？」

「ないと思うけどな。そのあたりの対策はしっかりやってきたし」

「だったら誰かが徳松組に金払って今回の件を仕組んだんや」

「だけど、抗議のメールを送ることくらいはできても、実際にゴーストタウンの被害者を出すのって難しくないですか？」

「多分、健康被害はデマだ。徳松組の息のかかったフレンズのメンバーが、自分の子供に小遣いでも与えて仮病で病院へ行かせたんだろう。その診断をした医師も徳松組か円月会の関係者に違いない」

「俺もそう思う。昨日の番組でインタビューされとった中学生おったやろ。あの子が通ってる中学には円月会や徳松組の構成員の子供なんかがめっちゃ通ってんねん。フレンズの子供らもそこにようけおるらしい。生徒同士で口裏合わせることなんて簡単なはずや」

隣の松村を一瞥すると、膝《ひざ》の上で拳《こぶし》を握り締めていた。

「ひどすぎる。子供たちにそんなことさせるなんて」

「徳松組に依頼したのが誰かって調べられる？」

「それは私が探ってみるつもり」

そう言ってミサキはグラスを掲げ、「乾杯」と言った。

「私の友人が働いているクラブによく山際が来るのよ。だからそこから探ってみようかと思う」

「助かるよ」

「でもあんまり期待できへんと思う。そんな簡単に口割ったりせんやろうし」

「スマホ、調べられたらいいんだけど」

「それも難しいだろ」

「抱かれるしかないのよね。寝てる隙に調べるしか」

「そんなの！」

松村が立ち上がり、「絶対よくないです！」とミサキを見下ろした。ミサキはそれを見て「可愛《かわい》いね、この子」と笑った。

「こういう子見ていると自分が歳《とし》とったことを痛感させられるわ。でも大丈夫。ここはそういう場所だから。それに私の友達、もう何度も山際に抱かれてるから平気」

脱力した松村は再びソファに座り、一気にお茶を飲み干した。

「できるとこまででいいから。こっちもこっちで調べてみるし」

そう言うと雫は「ほな現状報告はここまでやな。シャンパン飲んで、飯に行こか！」と笑顔で言った。

「その前に一本だけ電話していいかな」

「かまへんで。聞かれたくない話なら隣の個室使ってええから。その間に準備しとく」

「ありがとう。松村はここで待ってて」

「はい」

隣の部屋に行って電話をかける。相手はすぐに出た。

「なんかわかった？」

「あぁ、いろいろとな。この後、亜夢にも動いてほしいことが出てくると思うんだけど」

「もちろん」

昨日、雫のあとに亜夢にも電話をしたのは、この件を記事にしてもらうためだった。信頼度の高い週刊誌に載れば、ゴーストタウンについた悪印象はいくらか払拭できる。相談すると、亜夢も力になりたいとすぐに了承してくれた。

「それで、雫はなんだって？」

たった今聞いた話を彼に伝えると、「うわぁ、面白い話だ」と子供のような声を発した。

「自分でも調べてみるよ。雫には僕が関わること、話した？」

「まだ。あとで話しておくよ」

部屋に戻るとすでに乾杯の準備はできていた。グラスを交わし、シャンパンを流し込む。華やかな香りが鼻から抜けると同時に、炭酸が弾《はじ》けて喉《のど》を刺激する。このところの疲れが少しだけ和らいだ。

雫とミサキに亜夢のことを話すと、彼らはすぐに理解してくれた。少し酔った松村は「本当に光太先輩ホストしてたんですか？　しかもナンバーワンだったなんて」と尋ねてきた。席を外していた間に二人が話したのだろう。

「すまん。ついおもろなって」

「いいじゃん、いい子っぽいしさ」

「これ以上何も言うなよ」

「光太先輩、私絶対黙ってますから本当のこと教えてください‼」

賑やかな笑い声に包まれていると、テーブルの上のスマホが震えた。

電話の相手は家政婦のモニカだった。実家から出た僕に代わって母と芽々の世話と家事をお願いしている。三十代のフィリピン人女性で、日本語はあまり話せないものの、面倒見のいい丁寧な人だった。母はモニカをとても気に入り、芽々とも仲よくやっていると聞いている。

モニカから直接電話があったのは初めてだった。普段は用事があっても派遣会社の電話番号からかかってくる。彼女の電話番号から直接かかってきたということは、何か問題が起きたか緊急事態に違いない。

慌《あわ》てて電話に出る。

「もしもし。何かありましたか？」

「こうたさん？ わたしです」

「ええ、わかります。母に何かありましたか」

「おかあさまは、ぶじです」

日本語が聞き取りにくいことに加え、会話のテンポが歯がゆいが、彼女がなるべく聞き取りやすいようにはっきり言葉を返す。

「何か、ありましたか？」

「めめさん」

「芽々がどうしました」

「おとといからかえってきてない」

はしゃぐ三人に静かにするようジェスチャーで伝える。

「おともだちのいえにとまる、それからでていったまま、れんらくがとれないです」

「そのお友達って？」

「そこまではわからない。わたしもしんぱい、こうたさんしらべてみてください」

社会人になるタイミングで家を出て以来、一度も実家には帰っていない。だから母や芽々には会っていないし、芽々とは電話もしていない。僕が彼女について知っていることは何もない。

「どうして今まで言わなかったんですか」

「ともだちといるとおもっていたから。でもかえってこないから、でんわした」

「母は？」

「おかあさまにはまだいってない、しんぱいかけたくない。ともだちのいえにまだとまってることになってる」

「最後に会ったとき、変わった様子は？」

「いつもどおりだった」

「部屋には、何も？」

「ちょっと待って」

モニカが階段を上がる音が電話越しに聞こえた。

「つくえに、しろいふうとうがある」

「何て？」

「わたしよめない」

――まさか、遺書。

「けいさつよぶ？」

「いや、今から帰る」

松村を大阪に残し、最終の新幹線で東京へと戻った。事情を話すと雫とミサキも理解してくれた。松村を残したのは、万が一の場合僕に代わって対応してもらうことがあるかもと判断したからだ。そこまで頼るのはどうかと思ったが、思考力が鈍っている今、他に方法が浮かばなかった。

25　ラフロイグ&ラガブーリン

品川駅で降り、DTで実家に向かう。久しぶりの我が家なのに、感傷的にはならなかった。

玄関を開けると、モニカが足音を立てずに出迎える。母が奥で寝ているのだろう。自分も静かに家に上がり、モニカの後を行く。

芽々の部屋に入ると、知らないにおいがした。モニカが机の上を指差す。白い封筒には、「ママへ」と書いてあった。封を開けると、一枚の紙に「心配しないで。私はひとりで生きていきます」と書かれていた。ひとまず安心するも、高校三年生がひとりで生きていくという宣言を放っておくわけにはいかない。

AIDAに就職が決まった後も平然とホストの仕事を続けた僕に、恵《めぐみ》は愛想を尽かし、別れを告げた。恵を慕っていた芽々はいよいよ僕を無視するようになり、僕もそんな彼女の態度が許せず何度か手を上げた。彼女のために働いているのに。思い上がりだと分かっているが、その思いが拭《ぬぐ》えなかった。芽々との関係が悪化していくにつれて、母はどんどん疲弊し、体調を崩す日も増えた。だから僕は家を出た。芽々が大学付属の私立中学に合格したときも、連絡しなかった。仕送りを続けているだけで自分の責務は果たしている。もう家族に関わらない方がいい。そう思って過ごしてきた。

なのに関わらなかったせいで、わからないことだらけだ。こんなことが起きるなんて考えてもみなかった。自分の無力さを痛感する。

警察への通報も考慮してここまできたが、自殺ではないならしばらく様子を見たい。あまり大事《おおごと》にはしたくなかったし、逮捕歴のある身としても警察には関わりたくない。余計なことを突っ込まれるのが目に見える。仕事への影響もゼロとは言い切れない。

芽々を愛《いと》しく思う気持ちは今もある。しかし、今の立場を守るのも大事だ。結果的にそれが彼女を助けることに繋がる。

「きょう、とまっていきますか」

モニカが心配そうにそう言った。

「泊まる部屋ないだろ」

「すみません」

かつて僕の部屋だった場所はモニカが使っている。彼女には自分の家もあるが少し離れていて、遅くなったときや休憩するときのために、いつでも泊まれるようになっていた。

「謝らなくていいよ」

「ここにねますか？」

芽々の部屋じゃろくに休まる気がしない。

「それか、わたしここでねて、こうたさん、わたしのところで」

ここが誰の家かわからなくなる。芽々の机の上には彼女のスマホも置かれていた。手紙とそれをポケットに入れ、「今日は帰るよ。また来る」とモニカに伝えた。

実家を出ると、蒸れた空気が僕を挑発するように包んだ。ＤＴを呼び、目的地に自宅の住所を伝える。家まであと数分の通い慣れた通りに、新しいバーの看板があった。ＤＴにここで止めるように指示し、飛び出るように降りる。

休んだ方がいいと思う。だけど帰りたくなかった。知らない場所で一杯やりたかった。

「ブルーレイン」というバーの店内は薄暗く、ほのかに青い光が壁を照らしていた。客はいなかった。カウンターにつくと若い従業員が小さく頭を下げた。

ラフロイグのソーダ割りを注文する。ピートの刺激的な香りが呆然《ぼうぜん》とする頭を打ち、揺さぶる。

スマホのネット検索アプリに「金平芽々」と入力して検索する。何かしらのＳＮＳに登録しているだろうと思ったが、同姓同名も多く、妹のＳＮＳを発見することはできなかった。そこで気づいた。今の芽々の顔を知らない。最後に芽々の顔を見たのは、母が送ってきてくれた高校の入学式の写真だった。体型も顔つきもすっかり大人びていて、それが自分の妹とは思えなかったのを覚えている。

芽々のスマホを取り出す。六桁《けた》の暗証番号を思い当たるものから入れていく。芽々自身の誕生日や母の誕生日、ないとは分かっているが自分の誕生日。実家の電話番号。どれも開かない。

まさか恵の誕生日か。しかし彼女の誕生日を思い出せない。不本意だが、ＳＮＳで恵を調べる。

目に飛び込んできた写真は、恵が生まれたばかりの子供を抱えている写真だった。表情は少し疲れていそうだが、幸せそうに笑っている。隣には恵より少し若く見える男が立っていた。

恵の生年月日を把握し、西暦の下二桁から入力する。スマホのロックは何事もなかったかのように開いた。

芽々の通話記録やメールなどを確認する。しかし全《すべ》て消されていた。徒労に終わったことに落ち込み、二杯目のラフロイグを注文した。

するとひとりの客がやってくる。誰か来るなら帰ってもよかったと後悔した直後、彼は「光也さん」と話しかけてきた。

「この店にいるって聞いたんで、ちょっと顔出してみました」

ユースケは従業員と知り合いらしく、「こないだのやつ、なんだっけ」と話しかけた。

「ラガブーリン？」

「そうそう、あれちょうだい」

彼は当たり前のように隣に座る。

「なんで俺がここにいるってわかった」

そう言って、カウンター越しに店員を一瞥する。

「いや、居場所教えてくれたのこいつじゃないっすよ」

「じゃあ誰だ」

「俺、知り合い多いって言ったじゃないっすか。ここに入るところ、仲間が見たって連絡きて。光也さん、目立ってますよ」

ユースケが片目を閉じて、そう言った。

「なんかあったんすか」

「何もない」

「じゃあそれなんすか」

そう言って、芽々のスマホを指差す。僕はそれをしまい、「なんでもない」と答えた。

「お会計」

席を立つと、彼に腕を摑まれる。

「なんかあったんなら、助けになりますよ」

彼が手を離す気がないのは握る力から伝わってくる。

「こないだとは別人みたいですね。目が揺れてます」

もし自分が実家に残っていれば、こうはならなかったかもしれない。根気強く芽々を近くで見ていれば、彼女のちょっとした変化に気づけたかもしれない。守りたいものを、僕はいつも守れない。

問題を解決するために選んだ決断が、回り回って自分の首を絞める。

「とりあえず、何があったか言ってください。俺にできることあるかもしれないんで」

こんなやつを頼る気はない。そう思っているのに、彼の顔つきは、妙に僕をおかしくさせる。

「妹がいなくなったんだ」

話したところで何か起こるわけでもない。ひとりで抱え込むのもしんどく、誰かに話して楽になりたいところも正直あった。

「さらわれたんすか」

「いや、家出だと思う」

彼に手紙を見せる。「なるほどね―」と彼は頷《うなず》き、ラガブーリンに口をつけた。

「一応、仲間たちに聞いてみます」

「見つかるわけない」

「そうとも限らないっすよ。世間は意外に狭いですし。妹さんの写真とかあります？」

ありえないと思いつつも、可能性が少しでもあるなら賭《か》けるべきだ。

「高校に入学したときの写真なら」

母から送られてきた写真をスマホで見せるとユースケは「もっと新しいのないんすか。女子高生とか一年で顔変わっちゃうんすよ？」と不満げに言った。

「ない」

「しょうがないっすね。とりあえずそれでいいんで、俺に送ってください」

ユースケの連絡先を登録し、写真を送る。あまりにも自然な流れだった。ユースケはすぐさまその写真を誰かに転送した。

「そんな風に俺のことも拡散したのか」

「さすが勘がいいっすね」

「『新宿にこいつがきたら俺に連絡くれ』とか」

「先輩を『こいつ』とは言わないっすよ。『この人』、だったかな」

彼は笑いながら「万が一俺が妹さん見つけたら、お願いがあります」と続ける。

「なんだ」

「おばさんがなんで死んだのか、真相を調べます。手伝ってください」

どうせありえないと思い、「あぁ」と気のない返事をした。

＊

翌朝、松村から電話があった。僕を心配しているのは声色からも明らかで、何から話したらいいのか迷っている。

「俺のことは気にしなくていいから。そっちは何かわかった？」

「ミサキさんが友人に確認したところ、山際から情報を引き出すことはできなかったそうです。スマホのメールや通話履歴も全て消されていたとか」

「そうか……」

「このあとはどうすればいいですか？」

「少し考えてみる。もう東京？」

「いえ、これから戻るところです」

「今日は仕事を休もうかと思う」

「大丈夫ですよ。打ち合わせの予定などは特に入ってませんから。私にできる仕事はやっておきます。ゆっくり休んでください」

「ありがとう」

少し考えてみる、と松村には言ったもの、僕の頭はほとんど動いていなかった。それから実家に向かった。母の様子も気になっていたし、芽々のこともきちんと伝えるべきだと思った。

実家に着くと、玄関に入る前から魚を焼くにおいがした。キッチンにいるモニカは水玉のエプロンを着けていた。昔、恵が母にプレゼントしたものだ。リビングに行くと、母は父の仏壇に手を合わせていた。その手や腕は白く、痩《や》せていて、痛々しい。

「久しぶり」

僕がそう声をかけるまで、母は気づかなかった。僕の顔を見た母は「あら、来てくれたの」とよそゆきの笑顔を向ける。

「久しぶりなんだから、光太もお父さんに挨拶《あいさつ》しなさい」

母の隣に座り、僕も父に手を合わせる。

父さん、久しぶり。なかなか帰らなくてごめん。そこから芽々は見えてるのかな。芽々を守ってください。――頼むよ。

母に向き直り、「話があるんだ」と声をかける。すると母は「芽々のことね」と遮るように言った。

「わかってたの？」

「もしかしたらそうなのかなって。同じ家で暮らしてるんだもの。帰ってきてないことくらいわかるし、なにより私の娘だもの」

「そう」

母はそれなのに、なぜか微笑《ほほえ》んでいた。

「心配じゃないの？」

「心配よ。なにかあったんじゃないかって思うと、すごく怖い。でも、光太が来てくれた」

「ごめん、母さん」

思わず母の肩を抱く。骨の感触が生々しく手に伝わる。

「どうしてあなたが謝るの？」

母は変わらず優しかった。

「俺がいたら、芽々が家出したりなんかしなかったかなって」

「そんなの、わからないわよ。そんなこと言ったらね。私だって思う。お父さんが生きていればってね」

魚の脂《あぶら》が爆《は》ぜる音がした。

「でも、父さんが死んだからここまでこられた」

「じゃあやっぱり、私のせいね」

「そういう意味じゃ」

モニカが遠くから「ごはん、もうすぐできる。こうたさんも、たべる？」と声をかけた。

「あぁ、いただくよ」

母が立ち上がるのを手伝う。母は軽く、力の加減を間違えるとジグソーパズルのように崩れてしまう気がした。

食卓に向かう母の足取りは弱々しかった。身体《からだ》のどこかが悪いというわけではなく、病名がつくようなこともない。まだ実家にいた頃に患《わずら》っていた軽度のうつや肺炎も治っている。低いはずの免疫力《めんえきりょく》も安定しているようだった。それなのに母は目に見えて衰えており、体力もずいぶんと落ちていた。彼女は着実に、ゆっくりと死に向かっている。もしかすると僕は、それを見て見ぬふりをするために家を出たのかもしれない。

モニカが並べた昼食は、きのこのおひたしに揚げ出し豆腐、鯖《さば》の塩焼き、海苔《のり》の味《み》噌汁《そしる》とご飯という和食で、手際《てぎわ》よく作られたものだということが見て取れた。どれもモニカのルックスからは想像できないほど出来がよかった。味もほとんど申し分なかったが、鯖の塩焼きは少し塩がきつかった。母の味付けは全体的にもっと、穏やかな味だった。

最近の芽々の様子について母に聞いたが、特に変わったことはなかったという。強いて言えば所属していたテニス部を辞めたことだというが、大学受験に備えて勉強に専念するためだと本人からは聞いていて、夏休みも主に塾で過ごしているらしかった。

「なのにあの子、ゲームはやめないの。あんなにゲームっ子になったのは光太のせいね」

「俺が作ったゲームもしてるのかな」

「スマホのゲームばっかりよ。ゲームセンターに行くってタイプじゃないもの」

食事を終えると、片付けは全てモニカがやってくれた。食器を洗う彼女の背中を見ながら、フィリピンに住むモニカの家族たちを思った。元気だと聞いているが、そもそも彼らを元気にするために彼女は日本にいる。モニカがうちにいる間は、みんなにとにかく幸せであってほしい。もちろん、モニカ自身にも。

父が生きていれば。数え切れないほどそう思ったことがある。しかしそんな並行世界を想像しても直面した問題が解決することはない。そして僕は、生きていたとしてもまた別の問題が起きたかもしれない、結局父はあそこで死ぬ運命だったのだ、と自分に言い聞かせ、考えるのをやめた。そう結論づけてしまうことしかできない自分自身が、昔から大嫌いだった。

26　ラスコース

ゴーストタウンに対するメディアの批判は年齢制限を設けたことでいったん落ち着いたが、ユーザーの反応は厳しく、売り上げは十分の一以下まで減った。安全性の問題をクリアし、根拠をきちんと説明しなければ、信頼が回復することはないのは明らかだ。

この状況でスマホ版を発表するわけにもいかず、ゴーストタウン・プロジェクトも公《おおやけ》には動かしづらくなった。開発もかなり滞っている。業務を委託している会社のいくつかは制作を渋り、どうにか進めてくれている会社も極秘案件として扱う始末だ。

芽々は九月になっても、見つからなかった。

ユースケからは、時折進捗《しんちょく》状況が届いた。学校や塾に探りを入れ、彼女の行きそうな場所を手当たり次第調べてくれた。ただ特におかしな部分はなく、いまだ発見の糸口はない。さすがに警察に相談すべきかと思った頃、実家に芽々から現金書留が届いた。「心配しないでください」。そう書いた手紙と十万円が入っていた。「なんのお金か……」とユースケに電話で話すと「身体でも売ってるんじゃないっすか？」と軽く言った。

「思ってても言わないでくれ」

「最初に思いつくのそれっしょ。光也さんもそう思ったから連絡してきたんでしょ」

「考えたくないと思えば思うほど、考えてしまうよ」

「でも夜の仕事ならこっちのフィールドです。もう少し時間をください」

ユースケに全てを任せてしまうのは無責任すぎると思うものの、仕事の対処に追われ、自ら動くことができない。そもそも、自分にできることなんてほとんどない。ユースケの人脈に頼るほか、道はなかった。

ゴーストタウンの吉報が届いたのは九月の下旬、蟬《せみ》の声が消えても残暑がやかましい頃だった。亜夢から徳松組を雇ったのが誰かわかったと電話を受けた。

「ラスコースだった」

ラスコースは神戸に拠点を置く一九七〇年代に設立された会社で、遊技機メーカーとして頭角を現した。のちにパチンコ、パチスロ事業のみならずアーケードゲームやテレビゲームにも進出、アミューズメント施設なども人気を博したが、近年はヒット商品を生み出せず苦しんでいる。加えてゴーストタウンやその他の人気ゲームの出現で、業績不振に拍車がかかり、倒産まで時間の問題だと業界内で噂《うわさ》になっていた。

「競合かもしれないとは思っていたけど、まさか。どうやってラスコースだという情報を手に入れた？」

「山際に抱かれた」

僕が口をきけないでいると「冗談だって」と笑った。

「円月会系列の組長に菊原《きくはら》さんっていうパパの幼なじみがいてね。そこからの情報」

水谷に胸のうちで感謝する。

「葬儀のときに香典を頂いてたから、お礼がしたいと伝えて、高い酒を持って訪ねてみたんだ。それで一緒に飲んで軽く打ち解けたところで、『どうしても知りたいことがありまして、父のよしみでどうにか教えていただきたいのですが……』って低姿勢で聞いてみたのさ。そしたら、それまで優しいおじいちゃんだった菊原さんの顔が急に険しくなって。殺されるって思ったよね、マジで。『それが目的で来たんかコラァ！』って凄《すご》まれちゃったりして。迫力が違うよ、本物は。でも引くに引けないから、俺も頭下げて頼み込んだわけ。そしたら今度は笑い出してさ。『肝据わっとるな、さすがや。しゃーない。今回だけ、相談のったる。だからワケを全部話せ』ってきたのさ」

亜夢の人たらしの才能は昔からずば抜けていたが、それは今も健在らしい。

「だから、ごめん。菊原さんには光太のことも含めて全部ぺらっちゃった。でもちゃんと調べてくれて、さっきまた会ってきたの。それで『ラスコース』だって教えてくれたんだ。証拠はないけど信憑性《しんぴょうせい》は高いと思う。ただ教える条件にさ、フレンズ、円月会、徳松組とラスコースとの関係、これらにまつわることは一切記事にするなって言われたの。そりゃそうだよね。教えたらあっちは損するわけだから。この条件は、飲まざるをえなかった」

「しょうがないな。別のアプローチを考えよう」

「で、このあとどうする？」

「亜夢さ、ちょっとＤＤＬまで来れたりするかな？」

彼が了承してくれたので、すぐに八千草に連絡し、事情を話して緊急会議を設定してもらった。亜夢とＤＤＬの前で待ち合わせて中へ入る。フロアの中で最も小さい会議室へ行くと八千草がすでに座っていた。

彼は亜夢に「八千草と申します」と名刺を差し出し、亜夢は「水谷です」と応じて八千草の名刺を受け取った。亜夢が名乗った名字には少し驚いたが、黙ってそのやりとりを見ていた。

「すみません。自分は名刺は持たない主義で。フリーでライターやってます」

「ええ、金平からなんとなく聞いてます」

会議室に後から来た松村が、それぞれの席にアイスコーヒーを置いていく。

「松村も同席させていいですか。彼女にはこの件で協力してもらっているので」

僕が八千草にそう言うと「もちろん、構わないよ」と許可してくれた。

「つまりまとめると、ラスコースは我々を陥《おとしい》れるため円月会系徳松組に頼り、徳松組はNPO法人のフレンズを使ってこのような行動に出たと」

八千草が確認すると亜夢は「ええ。証拠はありませんが、かなり信頼できる話だと思います」と答えた。

「彼に全て記事にしてもらい、一連の抗議が全てラスコースに工作されたものだったと公表するのが迅速に収束できる最良の解決策だと思っていたのですが、これらを記事にするのは情報提供者から止められたそうです。どうしましょうか」

八千草はしばらく黙ったのち、「記事にしてください」と亜夢の目を見て言った。

亜夢が戸惑いながら僕を見たので、「情報提供者って誰だか想像できますよね？　そんなことしたら彼が殺されるかもしれませんよ?」と八千草に強く言った。

「大丈夫です。記事にしてください。しかし今の情報だけでは弱いので、ラスコースと円月会の関係など黒い部分をさらに調べ、その上で、攻撃的で挑発的な文章に仕上げてください。できれば写真などがあるといいですね」

八千草はそれから静かに計画を語った。全ての話を聞き終えた亜夢は「わかりました。すぐに取りかかります。二週間ほどで形にできるかと」と言った。

＊

新神戸駅を出ると、乾いた風が駅裏の山麓《さんろく》から土と葉の香りを運んでくる。遠くからはかすかに潮のにおいもした。あたりにはできたばかりの商業施設がいくつもそびえ立っており、その発展的な景色と自然のにおいの相性はあまり良くは思えなかった。

僕と八千草と松村はDTに乗り込み、そのままラスコースを目指した。道中、八千草に亜夢の様子を聞かれたが「どこにいるかは自分も知りません。おそらくすでに日本にはいないかと」と答えた。

亜夢は八千草に言われた通り、フレンズの抗議は全てラスコースに工作されたものだったという暴露記事を書き上げた。そのあと彼から、円月会や徳松組から追われる可能性もあるから安全な場所に身を隠す、とメールをもらったので、改めて感謝の言葉を返信した。しかしアドレスはすでに使えなくなっており、エラーメールが返ってきた。

「期待に応《こた》えられる記事にできず申し訳ないと言っていました」

「いや、時間がない中で彼は一生懸命やってくれたよ。肝心な部分は摑《つか》めなかったようだが、この記事があるのとないのとでは雲泥《うんでい》の差だ」

「けどアポも取らずにラスコースに乗り込んで、本当に大丈夫なんですか。暴力団が介入してきたら、私どうしたらいいんでしょう」

普段は恐怖心よりも好奇心が勝るタイプの松村だが、ここにきて不安になったのか、いつもの軽さはなかった。わからなくはない。僕も妙に緊張していたし、八千草も同じ心境のようで、「どうなるかは私にもわからない」という声はいつもと比べて力強さに欠けていた。

「しかし時間がない。ここで行動を起こさなければゴーストタウンが本当にゴーストになってしまう」

スマホ版ゴーストタウン・プロジェクトの滞りはかなり深刻で、このままではいつになっても開発に着手することができそうになかった。予算や期限を踏まえ、そろそろ限界という判断が下り、今日強引に計画を実行することになった。そのため亜夢には予定の半分の一週間で記事にしてもらうことになり、「核心に迫るものを書きたいからもう少しだけ時間が欲しい」という彼の意思も尊重されず、無理やり形にしてもらった。

重々しい空気の車から降りて目的のビルを見上げると、僕らは揃《そろ》って唖然《あぜん》とした。灰色の建物が均一に立ち並ぶ通りで唯一《ゆいいつ》、ラスコースのビルだけは鮮やかすぎるほどの彩色を施されており、まるで煎餅《せんべい》に紛れ込んだ外国製のグミといった印象だった。一階のショーケースにはかつてのヒット商品がこれでもかというほど並べられ、会社の華々しい沿革を記載したパネルは最も目立つところに設置されていた。

エントランスを通ると、受付の女性が「いらっしゃいませ」と一礼する。形式的な笑顔を作っていた彼女は、僕を見るなり顔を引きつらせたが、八千草は気に留めることなく「DDLの八千草と申しますが、鮎川《あゆかわ》代表取締役はいらっしゃいますか」と尋ねた。

彼女は再び笑顔を作り直し、「お約束はしていらっしゃいますか」と答える。

「していませんが、お話しさせていただければと。なんの話か、ご本人はわかってらっしゃるはずです」

ラスコースの社員と思《おぼ》しきひとりの若い女性がエレベーターへと歩いていく。彼女はちらりとこちらを一瞥《いちべつ》し、スマホを操作して耳に当てた。僕らが来たことはすぐに社内に広まるだろう。

「少々お待ちください。あの、お名前をもう一度」

「八千草です」

彼女は内線を繋《つな》ぎ、「ＤＤＬの八千草様と金平様がいらしてます」と僕の名前まで口にした。いくらかやりとりがあり、内線を切った彼女は「大変申し訳ございません、せっかく御足労頂きましたのに、鮎川はあいにく不在にしておりまして……」と過剰なまでにへりくだって言った。しかし八千草はぴしゃりと、「外に鮎川さんの車がありました。いるのはわかってるから来たんです」と言い返す。

鮎川の車の車種とナンバーは事前に亜夢から聞いていた。今日は急用がない限り一日中会社にいる予定だとも伝えられている。

八千草が彼女の返答を待たずにエレベーターの方へ歩いていったので、僕と松村もそれに続いた。八千草が長い脚を大きく広げて歩くので、僕らは少し早足で追いかけなければいけなかった。振り返ると、受付の女性が慌てて電話をかけている。

エレベーター前にいる二人の警備員が八千草の前に立ちはだかった。しかし八千草は怯《ひる》むことなく彼らを見つめた。膠着《こうちゃく》状態が続き、受付の女性がやってきて「お通ししてください」と言うまで彼はその姿勢を保っていた。

警備員が左右に割れると、彼女は僕らをエレベーターへと案内した。五階のボタンを押すなり、旧式のエレベーターがゆっくりと上がっていく。

扉が開くと秘書と思われる中年の女性が頭を下げて出迎え、「こちらです」と小部屋へ通す。秘書室と思しきその小部屋の奥に、「社長室」というプレートが掛けられた扉があった。

「失礼します」

彼女がノックをしてそう言うと、中から「どうぞ」と声が聞こえた。その声は男性にしては妙に高く、小鳥を連想させた。

中に入ると、その印象はあながち間違っていなかった。窓を背にしたデスクの前で待ち受けていたのは、身長百六十センチもないくらいの小柄な男で、顔の中心にある鉤鼻《かぎばな》がやたら目立っていた。長い頭髪を後ろでひとつにまとめているせいか、つり目にさらに角度がついている。

男は「先ほどはいないなどと言って申し訳ありませんでした。ノンアポは基本的に受け付けていないので、秘書が勝手に断ってしまいまして。失礼をお許しください」

と言って八千草に右手を差し出した。

「私、代表取締役の鮎川司《つかさ》と申します」

八千草はその手を握らなかった。鮎川は少し肩を上げ、「お掛けください」と全員をソファへ促した。

27
振り子

部屋には革張りのソファが向かい合わせで置かれており、中央に大理石製のテーブルがあった。壁には鹿《しか》の頭部の剝製《はくせい》と歴代の社長の肖像画が三枚飾られているが、皆、大きな鉤鼻の持ち主だった。鹿の剝製は角が緑色に塗装されており、その先には黄色い花が咲いている。その他にも全身にピアスがつけられた裸のマネキンや、サイケデリックな柄のラグなど室内は悪趣味な品々で溢《あふ》れており、窓から差し込む光がそれぞれの気色悪い輪郭を際立たせていた。

僕と八千草は鮎川の対面に座り、松村はソファの横に立った。鮎川の秘書が飲み物を用意すると言って部屋から出ていく。

「この街って初夏みたいな感じがあるでしょう。ずっとそんな雰囲気だから、冬はなんだか変な気分になるんですよ」

振り子時計が規則的に動き、ついそこに目がいってしまう。

「でもね、この時期は雷が多くて。そうなると途端に中世ヨーロッパに迷い込んだみたいになるんです。それはそれで好きでね。危ないとは思いつつも雷が鳴るとつい外に出てしまうんですよ、私」

「世間話をしに神戸まで来たわけではないんですよ」

饒舌《じょうぜつ》に話す鮎川だったが、八千草は敵対的な態度を崩そうとはしなかった。しかし彼は臆《おく》することなく、甲高い声で笑った。

「時節の話題をするのは私の癖なもんでね。では本題に入りますか。本日はどういったご用件で？」

そう言うと鮎川はちらりと僕を見た。

「どうして来たか、本当はおわかりなのでしょう？」

彼は細い目をさらに細め、「さぁ、なんのことやら」と八千草に返す。

秘書がテーブルにアイスティーを並べていく間、鮎川は僕と八千草、そして松村を順ぐりに見ていた。そして困ったような表情を浮かべ、「え、なんなんです？」と白々しく言う。

「我々に接点などありませんよね。ただの競合同士というだけで。まぁ、うちはそちらの足元にも及びませんけども」

「金平、あれを」

八千草の言葉は試合開始のゴングを意味した。僕はカバンから記事と写真の入ったクリアファイルを取り出し、鮎川に向けてテーブルに置いていく。

「このような記事が弊社に送られてきました。来週あたりに週刊誌やウェブニュースで取り上げられるそうです」

鮎川は胸元から老眼鏡を取り出し、その記事に目を通した。

「全くのデタラメ、とは言わせません。ここまで丁寧に取材された記事が無根拠だとは思えませんからね」

鮎川は記事を読み終えると次に写真の束をめくった。それは徳松組とフレンズの幹部が交流している写真だった。

「この件に私たちは大変苦しめられてきました。まさかあなた方が主犯だったとは」

「ちょっと待ってください」

鮎川が老眼鏡を外し、細い目を閉じたり開いたりさせながら苦笑した。

「もちろん御社が大変な状況の渦中《かちゅう》にいらっしゃることは存じておりますが、あの一連の騒動が我々の仕業だとでも？」

「この記事を私たちは信じます」

そう言うと八千草は前屈《まえかが》みになり、掬《すく》い上げるような視線を鮎川に向けた。

「他にもまだあるんですよ」

八千草が僕を横目で見たので、スマホのボイスメモを再生する。「フレンズに抗議文を出すよう徳松組に依頼したんは『ラスコース』いう会社や」という菊原の声が流れた。

「これは徳松組が属する円月会系の組長の声です。ライターがインタビュー中に録音したものです」

亜夢が菊原と面会したときに隠し録《ど》りした音声データ。

「これは動かぬ証拠ではありませんか」

詰め寄るように僕がそう告げると、鮎川は結んでいた髪をほどき、八千草と同じ姿勢になった。つり目はいくらか和らいだが、それでもきつい雰囲気は変わらなかった。

「東京の一流企業はずいぶん傲慢《ごうまん》な態度をとるんやなぁと面食らっていたのですが、そういうことですか」

振り子時計が心なしか早く動いている気がした。

「冗談なんやったら、今すぐ帰ってください。そしたらまだ、ＤＤＬは最悪な会社やったって印象だけで済みます」

「こちらの被害は甚大《じんだい》です。この記事が出たのち、正式な形で御社を訴えさせていただきます。ですがもし、全ての工作があなた方の仕業であると認め、フレンズの抗議文を取り下げるのであれば、記事を出さないようライターと交渉してもいいでしょう。示談金も最小限しか要求しません」

「示談金？」

鮎川はそう繰り返し、大理石のテーブルを蹴飛《けと》ばした。アイスティーの表面がくらりと揺れ、液体が少し溢れる。

「なんでわしらが金払わなあかんねん。こんなもん出したら、こっちが名誉毀損《きそん》で損害賠償請求したるわ」

鮎川の長い髪の先がテーブルの天板に垂れ、不規則に散らばっている。

「デタラメとは言わせない？　記事が無根拠だとは思えない？　ふざけるのもええ加減にせぇ。デタラメしかないやろが」

そう言うと鮎川はテーブルの上に立ち上がり、しゃがみこんで僕と八千草に目線を合わせた。

「弁護士立てて徹底的にやったる」

「いいんですね。この記事、公表されても」

鮎川はかなり挑発的な態度だったが、八千草は微塵《みじん》も反応せず、鮎川の目をまっすぐ見たままだった。

「勝手にせぇ。どんな記事でも嘘《うそ》は嘘じゃ。わしらを好きなだけ調べてもらってもええ。最後に泣きを見るんはあんたんところや」

「この音声を聞いてもそう言えるのですか」

「どんないきさつでその組長とやらがうちの名前を出したんか知らんけどな、ラスコースは徳松組とも円月会とも、それどころか暴力団とは一切付き合いしてへん。クリーンにやってきたんや。こんないちゃもんつけるんやったら、どこまでも戦ったる」

鮎川は決して認めようとはしなかった。それどころか、ボイスレコーダーを回し、「ここからは録音させてもらう。裁判になったときのことを考えて喋《しゃべ》りや」と言い返す。

本来はここでラスコースと徳松組の繋がりを証明する写真を突きつける予定だった。先ほど突き出した記事や音声だけでは、ラスコースを黒幕と確証づけるには不十分だった。鮎川に見せた写真にしても、徳松組とフレンズの関係を表すだけのものであってラスコースは全く関係なく、ただのはったりに過ぎなかった。

亜夢はラスコースと徳松組の関連を明らかにする証拠を摑めなかった。「ラスコース側が警戒しているのかもしれない。向こうの気が緩むまでもう少し追いかけたい」と彼は言った。

もし証拠があれば、鮎川もこの態度には出られなかっただろう。フレンズの抗議文を取り下げるしかなくなる。記事を止めさせれば、恩を着せることもできた。なにより、僕らとしてもそうでなければならなかった。

初めから記事を公にするつもりなどなかった。菊原との約束を反故《ほご》にすれば、亜夢にどんな制裁が下るかわからない。あくまで牽制《けんせい》が狙《ねら》いだ。実際には、ゴーストタウンの人体への影響を検証し、無害であると結論づけた記事を公開するつもりだった。亜夢はそちらもすでに書き上げていた。

しかし鮎川がここまで否定するとは思わなかった。彼がしらを切り続ける以上、我々は戦い続けなくてはならない。この後どう出るかは八千草次第だった。

「私たちは鬼ではありません。もしフレンズの抗議文が撤回されるのなら、この記事は出さないと約束します。今回の件を認めてそうしてくださるのなら、示談金も請求しません。あなた方は何も傷つかずに済むんですよ」

八千草はしばらくこの提案を続けた。しかし鮎川は何を言われても「記事を出したいなら好きに出せえ！　その分、名誉毀損でふんだくったる！」と言って聞かなかった。

　鮎川はひどく感情的になっていた。声のボリュームや表情、身振りは話せば話すほど大きなものになっていった。僕は八千草と対峙《たいじ》する鮎川の一挙手一投足をじっくりと観察した。彼が嘘をついていると確信を得るための証拠を探すために。鮎川の振る舞いがパフォーマンスならば、行動のどこかに本心が漏れるはずだ。しかし彼は感情通りの動作を続け、何の裏も計算も見つけることはできなかった。

　鮎川が何も知らないはずはない、黒幕は絶対にラスコースだと踏んでここまでやってきた。雫やミサキや亜夢からの情報が違っていたなんてありえない。しかし鮎川の一連の反応を見ていると、その可能性も否定できない。

　だとすれば、なぜこれらの情報が現れたのだろう。もしかして、これは罠《わな》か？　我々はまだ騙《だま》されているのか？

　八千草は何度も「今なら間に合う」「本当にいいんですか」と投げかけたが、状況は変わらなかった。ただの時間稼ぎにしかなっておらず、無意味なラリーを続ける八千草は、僕と松村からすればやや間抜けにさえ映った。とはいえ切り上げるわけにもいかない。

　振り子の動きがまた一段と早くなる。

突然、八千草が会話をやめてスマホを取り出した。鮎川が「どういうつもりや、まだ話の途中やろ」と怒鳴りつける。八千草はふぅとため息をつき、メガネを掛け直す。

「そうか」

それからスマホを操作し、「この中にラスコースの社員はいますか？」と言って鮎川に画面を見せた。彼のスマホに何が映されているのかわからず、僕は松村と思わず目を合わせた。

「鮎川さんがご存じないだけで、社員が勝手に動いたという可能性はありませんか」

鮎川は立ち上がり、「社員は家族や。うちの人間を疑うんも許さへんで」と言って背を向けた。八千草は鮎川の前に回り込むと、「お願いです。確認してください。この中の名前に心当たりがないのであれば記事は破棄し、我々は引かせていただきます。御社に濡《ぬ》れ衣《ぎぬ》を着せたのであれば、誠心誠意謝罪させていただきます」とスマホを差し出した。

スマホの画面が横目に入る。そこにはいくつもの名前がフルネームで羅列されていた。

鮎川は八千草を睨《にら》みつけ、「約束やで。全部ガセやったら、わしはあんたらを許さへんからな」と言って再び老眼鏡をかけた。彼はスマホをスクロールし、それから秘書を呼びつけて「こんなかにうちの人間がおるかチェックしてくれるか」と確認させた。

「かしこまりました」

秘書はタブレットで社員リストを開き、検索欄にひとりずつ名前を入力した。間違いがないようスマホとタブレットの両画面を何度も見比べ、名前を読み上げる。鮎川も隣から画面を覗《のぞ》き、確認している。

僕ら三人はひたすら待った。途中、八千草に耳元で「このリストどうしたんですか」と尋ねると、同じく小声で「知り合いのエンジニアに山際の連絡帳や通話履歴をハッキングしてもらった」と返ってきた。

「ここに来ることが決まって急遽《きゅうきょ》依頼した。だから時間がかかってしまった。でもこれで犯人がわかるはずだ」

しばらく振り子時計を見ていたが、時間を長く感じ、視線を落とした。テーブルの脚が猫の脚のようになっている。

秘書が三十人ほどの名前を確認し終えると、彼女は首を横に振った。鮎川はそれを見るなりスマホを秘書から受け取り、八千草に投げつけた。

そして鮎川は亜夢の記事をビリビリに破り捨て、「絶対に許さんからな。おい、すぐに小宮《こみや》弁護士呼び出せ」と秘書に言った。

松村が隣で小さく「うそ」と呟《つぶや》いた。八千草も信じられないといった様子で鮎川を見つめている。

「土下座しても許さんからなぁ」

秘書が部屋を出ていく。顧問弁護士を呼び出す電話の声がこちらに漏れた。

「すみませんでした」

松村が土下座をしたので、鮎川は立ち上がり、彼女のもとへ近づいた。威圧的な態度を崩さず、「土下座しても許さへんて言うたん、聞こえへんかったか」と言ってしゃがんだ。

「あんたにできることは何もないんや。黙って静かにしとき」

松村は鮎川の言葉には応えず、「すみませんでした！　すみませんでした！」と何度も繰り返した。

「八千草さん、あんたんとこの教育どないなってんの。土下座なんて今どき一円の価値もありませんよ。それより、あんたんとこの権利、ひとつこっちにくださいよ。人気キャラ、マジローでええ。パチンコにさせてくださいよ」

松村はラグに顔を埋めたまま、起こそうとしなかった。激しい色彩の床で小さくなっている松村は、痛々しくて見ていられなかった。

「聞いてんのか、八千草！」

鮎川の罵声《ばせい》が部屋に響き渡るが、八千草は口を真一文字に結んだまま黙っていた。

テーブルに置いていた僕のスマホにメッセージが届く。ミサキからだった。

28 鹿の角

僕がスマホに手を伸ばすと、鮎川は「お前も聞いてんのか！」と怒りの矛先を変えた。

「ちょっと有名人やからって調子乗ってんねやろ。お前が積み上げてきたもん、全部奪いとったるからな」

聞くに堪えない罵声を次々に浴びせられるも、急いでスマホを開く。「この人かも！」というメッセージの下に、ひとりの名前がひらがなで入力されていた。

「ゴーストタウンは完全に終わりや」

松村はまだ「すいませんでした！」と土下座を続け、八千草は俯《うつむ》いたまま眉間《みけん》に皺《しわ》を寄せている。僕はそっと口を開き、送られてきた名前を宙に放り投げた。

「さかきゆみ」

時計の振り子が、一瞬止まったように感じた。

「さかきゆみ、という社員はいませんか。これが最後です」

先ほど秘書が読み上げた名前に女性と思われる人物はひとりもいなかったし、そもそも女性社員と徳松組との繋がりは予想していなかった。

鮎川の顔からふっと力が抜ける。

「榊《さかき》？」

秘書を再び呼び出し、「榊の下の名前は、ゆみ、だったか」と尋ねた。

「はい。榊夕実《ゆみ》です。夕日に実る、で夕実です」

秘書は機械的な口調でそう言った。

鮎川は振り乱していた髪を集め、「一応おるわ。でも榊がそんなことするとは思えへん」と言いながらゴムで結んだ。

「呼び出してもらえますか」

「無理や。これ以上好き勝手にされたくない」

「本当に、これで最後にしますから」

「あいつも忙しいんや」

「お願いします！」

僕が頭を下げると、鮎川は小さくため息をつき「しゃあない。ちゃっちゃと終わらせて、後悔させたる」と僕を睨んだ。

「あいつも絶対に関係ない。これからのラスコースを担《にな》うエースなんや。傷つけたら承知せんからな」

数分して部屋に来たのは、受付の前を通り過ぎていったあの女性だった。彼女は不安げな表情を浮かべ、僕らに一礼した。

「あなたが、榊夕実さんですか」

「はい」

榊は茶色い髪を首元で巻いていて、ほんのりピンクがかったブラウスを着ていた。瞳《ひとみ》も顔つきも丸く、背も小さい。全体的に幼い印象で、ラスコースのエースにはとても思えない。

「榊くん。まさか、暴力団との付き合いなんて、あるわけないよね?」

「なんのことですか?」

鮎川にそう聞かれた榊は小首を傾《かし》げ、その姿勢のまま「どういう意味ですか」ともう一度言った。

窓から差し込む光が彼女の指輪を照らす。左手の薬指だった。結婚しているのも意外だ。

「彼女はこう言ってますが？」

鮎川がそう言った瞬間、榊の右瞼《みぎまぶた》がひくついた。顔が非対称に動くときは嘘をついているからだ、と昔雫が教えてくれた。もしかして本当にこの人が？

しかし、そうだとしても彼女と徳松組の関係を明らかにする術《すべ》がない。なぜ彼女が容疑者として浮かび上がったのかミサキに尋ねたいが、彼女の方も確証があるわけではないだろう。だからこそ「この人かも」という言葉遣いになったのだ。

「本当ですか？　榊さん」

僕は念を押すことしかできなかった。しかしその時間に意味はなく、彼女は「ええ」と答えた。

どうすべきか思案しながら視線をずらすと、壁に掛かっている鹿の剝製が目に入った。それはまるで壁から生えているようで、壁全体が胴体のように見えた。瞳の艶《つや》やかさが生々しい。今にも咆哮《ほうこう》をあげそうなほど、生気を感じる。そう思って見ていると本当に耳が動いた気がした。

しかし実際に動いたのは鹿の剝製ではなく、榊の髪の毛だった。正確には髪に隠れた耳が、先ほどからピクピクと動いているのだった。

その動きに既視感があった。

曖昧《あいまい》な記憶かもしれない。けれど、その動きを見たことがある気がしてならなかった。いつ、どこで？

思い出せ、思い出せ、そう脳内で連呼していると、八千草が「榊さん、徳松組、もしくはフレンズというＮＰＯ法人を、本当にご存じでないですか？」と問い詰めるように聞いた。

「ありません、なんなんですか、さっきから」

それまで淡々と答えていた榊の語気に微妙な攻撃性が混じり、顔がみるみるうちに赤くなった。頰がわずかに赤らんだのではなく、顔全体が真っ赤に染まり、この距離でも彼女の熱を感じる。

詰め寄る八千草と赤い榊の顔を見て、ふとあの瞬間がよぎった。

記憶が一気に掘り起こされ、脳内で鮮明に再生された。

僕は彼女と会っている。あの場所で、間違いなく。

鹿の耳がまた動いた気がした。

「榊さん、お会いしたことありますよね」

榊はちらりと僕を一瞥し、「さぁ」と首を傾げた。

「九年ぶり、でしょうか」

近づくと榊は身体《からだ》を縮ませ、目を伏せた。彼女は僕と同世代に違いないが、当時と変わらないルックスを維持していたおかげで、その横顔にあの日のヴィジュアルをはっきり重ねることができた。

「八千草さんとも、久しぶり、ですよね」

先ほどまで丸々と澄んでいた榊の瞳は血走り、身体は小さく震えていた。

「初めましてだと、思いますけど」

語尾もわずかに揺れている。

「あのときもそんな感じで、震えていましたよね」

「だからなんのことですか」

「一度しか会っていない人のこと、覚えてるわけないって思いますよね。あの場は特殊でしたから。自分以外にいた学生も、面接官も、僕は全員覚えています。きっと榊さんも、全員じゃなくても数名は覚えていますよね？」

「失礼します」

榊が部屋から出ていこうとしたので、咄嗟《とっさ》に彼女の腕を摑んだ。

「離して！」

彼女が部屋に入ってきたときの面影は、すでになかった。事態を飲み込めない鮎川と秘書は、黙って様子を窺《うかが》っている。

「榊さん、AIDAの最終面接にいましたよね。僕と一緒に受けましたよね。あのひどい圧迫面接を」

榊は首筋に汗をかいていた。八千草は首を傾げ、彼女を見つめている。彼はさすがに覚えていないようだ。

榊は黙ったままだった。

「おい、榊。なんか言わんと。これじゃ何もわからんやろ。な?」

鮎川が諭すように言うも、彼女はその場に固まっていた。

すると突然、八千草が「まずはひとり目の桑原《くわはら》夕実さん」と当時の彼女の名前を口にした。

「あなたは大学のゴルフサークルで副部長をしていたとありますが、なぜゴルフサークルを選んだのですか」

それは最終面接で八千草が彼女に尋ねた最後の質問だった。

「ゴルフは社交的なスポーツですので社会に出てからも役に立ちますし、知識があれば会話にも使えると思い、大学生から始めました」

当時の彼女の口ぶりを真似《まね》て自ら答える。それからは一人二役で「なぜ部長にはならなかったのですか」「自分よりも上手で経験もある男性の同級生がいたので、彼の方が私よりも適任でした」と、当時のやりとりを再現する。やがてそこに、あの場にいた別の面接官が加わる。

「そういえば大田さん、妹さんの息子さんは桑原さんと同じ大学だったのでは」「あ、そうか君があの桑原さんか。名前を聞いたことがあるよ——いや、彼女ね、サークル内の同級生数人と身体の関係をもっていたらしく、それが原因で揉《も》めてしまい、部員を減らしたそうなんだよ。彼女の代にはもう二人しか部員がいなくなってしまったから、もうひとりが泣く泣く部長になったんだ。桑原さんは肝心のゴルフがからきしだめだと甥《おい》は言っていたが、どっちが本当のことを言ってるんだろうね」

落語のようにひとりで何役も演じる八千草に、言葉を失う。あの面接を正確に覚えていることも恐ろしかった。

「別にこの事実自体は当社にとって問題ではありません。あなたは自分の恥ずかしい一面をうまく言い換えて対応していましたしね。苦手なゴルフのサークルを選んだのも就活で有利だと思ったからでしょう。そういう強《した》かさは会社に必要です。どうぞご着席ください」

再現を最後まで続けた八千草は、右耳を軽く押さえ、「今はご結婚されたんですか。

へえ。それはあのゴルフサークルのメンバーなんですか?」と嫌味ったらしい、粘り気のある言い方で尋ねた。その口ぶりに自分もあの面接を思い出し、気分が悪くなる。榊は震える身体を抱えるように小さくした。その動きを八千草は見逃さなかった。

「山際にも抱かれたんですか? 得意なんですもんね、身体を使うスポーツが」

榊は鼻から大きく息を吸い込んで、僕らを見回した。

「抱かれたわよ」

榊の感情は割れた風船のように弾《はじ》け、そこにいる全《すべ》ての人間にぶつけられた。

「そうやって、あのときも、誘導尋問で、探るような、試すようなやり方で、そのあと、あんな面接を受けた人間がどうなるか、少しも想像しないで、みんなが私を蔑《さげす》んでいるような感覚、初対面の人までも、私を馬鹿《ばか》にしているような感覚、あなたには一生わかりっこない」

榊は顔をぐしゃぐしゃに歪《ゆが》め、頬は涙で濡れていた。

「あそこまでされて、なのに、落とされて、たとえ受かっても行かないけど、でもあんなに、ただただ陵辱《りょうじょく》されて、あんまり、あんまりすぎる、それにあんたは少しも変わってない、どうして、そんな最低なままで、いられるの、許せない」

榊はそう言うと、僕のところへ来て両腕を強く摑んだ。丁寧に施された白いネイルが胸のあたりに刺さる。

「あなただって、ホストのことも、逮捕されたことも暴《あば》かれたのに、なのに、内定もらえたかもしれないけど、どうしてあんなことする会社で、今も働いていられるの。頭、おかしい」

「復讐《ふくしゅう》のために、わざわざ徳松組に頼んでこんなことを？」

彼女の爪《つめ》がさらに食い込む。

「本当に、抱かれたんですか」

松村はラグにひざまずいたまま、哀れむような目を榊に向けた。

「何？　結婚してるくせにって？　なんであんなことをされたのに、私が倫理を気にしなくちゃいけないの？　やり返せるなら、何度だって山際に抱かれる、私は。そんなことしても気にならないくらい、こいつが人につけた傷は、想像不可能なくらい、それくらいひどいことなんだから」

彼女に共感できない自分が意外だった。就活一年目に全ての面接に落ちた悔しさは、もう僕の中には残っていなかった。むしろ、これほど恨み続けられるエネルギーを羨《うらや》ましく思う。

そんな思いが伝わったのか、僕はいきなり榊に突き飛ばされ、壁にぶつかった。ラスコースの先代らの肖像画が揺れ、銀製の額縁に反射した光点が室内をゆらゆらと彷徨《さまよ》う。マネキンもぐらつき、鼻と耳を繋ぐチェーンのピアスが、じゃらじゃらと音を立てた。

榊はその場にへたり込み、鮎川と秘書はうなだれたまま床を見つめていた。

鹿の剝製は夕日で赤く染まり、奇妙な影を少しずつ伸ばしている。

「そうでしたか」

八千草はそう言って膝《ひざ》を折った。それからラグに手をつき、頭をつけた。

「申し訳ありませんでした」

八千草が土下座をすると、鮎川と秘書が目を見合わせる。榊は垂れた前髪の間から八千草を見ていた。

「私を含め、あの頃の我が社はどうかしていました。榊さんのように傷ついたという方から何人も連絡をいただき、名誉棄損罪を主張して裁判を起こそうとした方もいました。その声を真摯《しんし》に受け止め、すぐに会社の体質を見直すことになり、今ではあのような面接はなくなりました」

榊の泣き声が激しくなっていく。

「どうか、どうかお許しいただきたい、そう思っております」

あのような圧迫面接をしていたとは思えないほど、彼の謝罪は真剣で、僕はその姿にしばらくの間引き込まれた。そして八千草に倣《なら》い、同じ姿勢をとった。

「同じ圧迫面接を受けた身として、お気持ちをお察しします。私は当時、就職留年していました。ですのできっと、内定をとれたことに浮かれていたのだと思います。同志だった人たちの傷を忘れ、ここまで来てしまいました。大変申し訳ありませんでした」

そう言って顔を上げると、榊はこちらを見ておらず、窓の方に目を向けていた。

「じゃあ、辞めてよ」

彼女の声はとても乾いていた。

「二人とも、今すぐ会社を辞めてよ」

榊の目元は、アイラインで黒く滲《にじ》んでいる。

「構いません。もしそうおっしゃるなら、我々は辞めても」

八千草はきっぱりとそう言った。しかし榊の反応はなかった。すると、正座をしていた松村が立ちあがり、彼女の前まで歩いていった。

「本当にそれで気が済みますか」

寄り添うようでいて、突き放すような、そんな言い方だった。

「もし辞めても、この二人は天才ですから、また絶対に成功しますよ」

榊は松村を睨んだが、松村は決して視線を逸《そ》らさなかった。

「そんなに傷ついたのに、それ以上自分を傷つけなくても、いいんじゃないですか」

ソファでうなだれていた鮎川が榊のもとへ行き、肩に手を置く。

「抗議文、取り下げさせなさい。暴力団との縁を断ち切るなら、今回のことはなかったことにする。会社に残ってもらっても構わない。お三方、先ほどは失礼な言葉を浴びせて申し訳ありませんでした。八千草さん、抗議文を取り下げますので、それで全てなかったことにしてもらえませんか？」

「ええ。慰謝料の請求も致しません。先ほどの記事も出しません。代わりにゴーストタウンが無害であることを検証した記事は出させていただきますが。それで抗議文を取り下げたという形になるのが、いい落としどころではないでしょうか」

「榊くん、それでいいね」

榊は小さく頷《うなず》き、「ここまでお世話になった会社にご迷惑をおかけするのは、本意じゃないですから」と言った。

29　otherwise

鮎川と秘書に見送られながらラスコースを出ると、陽は沈み、夕暮れも過ぎていた。それでも昼間の火照《ほて》りはまだそこかしこに残っていた。

新神戸駅へ戻る間、ミサキに電話をかけた。ありのままを伝え、結果としてうまく収まったと言うと彼女は安堵《あんど》の声を漏らした。

どうして榊夕実の名前がわかったのか尋ねる。以前話していた山際と関係のあるミサキの友人が教えてくれたらしい。その女性はさっきまで山際と過ごしており、彼が電話で口論を始めたので聞き耳を立てたところ、「ＡＩＤＡ」「ＤＤＬ」「金平光太」「ラスコース」などの言葉が聞こえたという。それで彼女は、電話の相手が目的の人物だと察した。おそらく榊は、受付で僕らの姿を見て自分の存在がバレたと思い、慌《あわ》てて山際に電話したのだろう。電話を切った山際はまた別の誰かに電話をし、「さかきゆみの件で話がある」と言ったため、彼女の名前が浮上したというわけだった。

奇跡的なタイミングだったが、ミサキがいなければこの問題は解決しなかった。改めて彼女に感謝を伝え、「本当はもう少しこっちに残りたいんだけど、すぐに会社に戻らなくちゃいけない」と言うと、ミサキは「気にしないで。でもこれで昔の借りは返したからね」と笑った。

「雫と喧嘩《けんか》して逮捕された件か。それはまだ、返しきれてないと思うよ」

僕も笑ってミサキとの電話を切る。すると助手席に座っていた松村が振り返り、

「DDL、電気系統のトラブルかなんかで停電になってシステムがダウンしたみたいですよ!」と興奮ぎみに言った。

「すぐにサブ電源に切り替わったみたいですけど、今、全部のシステムをチェックしてるみたいです! あーあ、一難去ってまた一難です」

「次々にいろんなことが起きるな」

ため息をつくと、八千草が「まだまだ休めないが、せめて東京まではゆっくりしよう」と呟く。

窓の向こうに、一瞬光が見えた。

「本当にすまなかった。私の見通しが甘く、君たちに迷惑をかけてしまった」

八千草がそう謝ったので、僕は姿勢を正した。

「八千草さんのせいではありません」

「でも君がいなければ、大変なことになっていた」

遅れて雷鳴が響く。

それからしばらく沈黙が続いた。松村は気まずさに耐えきれず、「ちょっと話変えてもいいですか」と切り出した。

「光太先輩って逮捕されたことあるんですか」

思わず僕が吹き出すと、八千草も笑った。

＊

ラスコースの榊が仕組んだ工作を知ったからか、芽々の件も別の角度があるように考えてしまう。考え始めたら止まらなくなり、東京に着くなりユースケに連絡する。

「もしもし？　どうしました？」

「お前じゃないよな」

「はい？」

「芽々の家出、お前が黒幕じゃないよな」

　ユースケの息を吐く音が電話越しに聞こえた。

「お前が仕組んだりしてないよな」

「光也さん、大丈夫っすか？」

「許すから。今正直に言ってくれたら」

「焦《あせ》るのもわかりますけど」

　ユースケの声には慰めと同情が混じっていた。

「確かにこれが全部俺の自作自演だと解釈すれば納得できますよ。おばさんと何があったか話させるため、そして死の真相解明を手伝わせる取り引きに利用するため芽々ちゃんを俺や仲間がさらって家出に見せかける。そう考えるのも無理ないです。でもね、そんなリスク冒しませんよ。あとあと芽々ちゃんにバラされたら終わりじゃないっすか。まぁ、疑いたくなる気持ちも分かりますけど」

　ユースケの言う通りだ。そのために芽々をさらうなんて遠回り過ぎるし、合理的じゃない。こんなに長く拉致《らち》する必要もない。それでも、ユースケのせいにしたくなる自分がいる。それくらい僕は芽々の件に疲れていた。

「実は今、俺からも連絡しようとしてたんですよ。このあとって時間あります？」

自宅の前の公園に行くと、ユースケがブランコに座っていた。僕を見つけると手を振り、「抗議の件は解決したんですか?」と聞いてくる。

「あぁ、たった今な」

「じゃあこれ、お祝いです」

ユースケがそう言って、コンビニのビニール袋から缶ビールを差し出した。僕はそれを受け取り隣のブランコに座る。ビールは秋限定のもので、プルタブを引っ張ると燻《いぶ》されたような香りが鼻をかすめた。

「乾杯」

ユースケが缶ビールを軽く掲げたので、自分もそうした。ビールはぬるかったが、悪くなかった。苦みが、わずかに疲れを取ってくれる。

「何かわかったのか」

「そう焦らないでくださいよ」

「今日は大変だったんだ」

「突き止めましたよ、居場所」

ブランコが揺れ、金属の擦《こす》れる音がする。

「本当か?」

ユースケはもったいぶるように、ビールをゆっくりと飲んだ。

「いろんな人に芽々ちゃんの写真を送って、『この子を見つけたら連絡ください』って言ってたんすけど、やっとひとりから『似ている子を見た』って返事がきて。デマかもしんないっすけど、一応行った方がいいじゃないっすか。しかもそこ、俺も気になってた新しい店で」

「店？」

「見つけたの新宿のルポライターで、夜の仕事に詳しい人なんすよ。聞いたら結構可《か》愛《わい》い子揃《そろ》ってるらしくて」

ユースケの皮肉な言い方が癪《しゃく》に障《さわ》るが、彼のペースに飲まれないよう平静を装《よそお》う。

「その店は新宿なのか」

「今から行きます？　ちょうど今日出勤してるみたいですけど」

「出勤って」

「まぁまぁ、とりあえず行きましょ」

僕らは飲みかけのビールをブランコの上に置き、「店」へと向かった。そこはチュベローズからほど近く、新宿駅から区役所通りを下って右に曲った路地裏の雑居ビルだった。入り口の案内板を見るとどのフロアもスナックやバーやキャバクラで埋め尽くされていて、言葉を失う。

エレベーターで三階へ上がる。その間、芽々であってほしいという思いと、そうであってほしくない思いが行ったり来たりする。自分の中の芽々は小学生のままだ。彼女がこのビルにいるなんて、どうすれば信じられる。

廊下を行く。各店舗から漏れる騒がしさが、僕をさらに気落ちさせる。

ユースケは突き当たりの「otherwise」という店の前で立ち止まった。

「芽々ちゃんじゃない可能性もあるんで、まずは客として行くのがいいと思うんですけど、どうします？」

「それでいい」

「ちなみに名前はメグミちゃんらしいっす」

芽々だと確信し、鉄製の扉を開く。

奥から花の香りと冷たい空気が流れてくる。入ってすぐのところには胡蝶蘭《こちょうらん》が並んでおり、立札には「祝開店」とあった。フロントに立つボーイはこちらを見るなり「ユースケじゃん」と嬉《うれ》しそうに手を挙げた。偶然らしく、ユースケは驚きながらその手にハイタッチし、ハグをした。

ボーイに案内されながら、店内を見回す。ざっと見た限り風俗店ではないようで、ひとまず安心する。一つひとつのテーブルはシースルーのカーテンで仕切られている ため、ホステスの顔はよく見えず、そこからは芽々と思《おぼ》しき人物は発見できなかった。

「今あいつに聞いたんですけど、ここ若い女性専門のクラブなんですって。なんかがっかりっすわ、俺年上好きなのに。銀座でうまくいってるクラブの新店らしいっす。だから俺知らなかったんすねー、新宿のキャバクラだったらだいたい知ってるはずですもん」

フロアはやけに暗く、シャンデリアと間接照明が薄く灯《とも》っている程度だった。テーブルに座るとボーイが飲み物を尋ねたので、麦焼酎《むぎじょうちゅう》の水割りをふたつ頼む。

「御指名はありますか？」

「メグミって子はいますか」

「はい。ではメグミさんを御指名で」

こういう店に来たのは初めてだった。自分がホストだったせいか、客としてこういう場にいるのが逆に落ち着かない。手持ち無沙汰で、運ばれてきた水割りを早いピッチで飲んでしまう。そんな僕をユースケは面白がって見ていた。

「お待たせしました」

ボーイがそう言ってカーテンを開く。そこにいたのは青いドレスに身を包んだ金髪の女性だった。その髪は妙に艶やかで、ウィッグであることが見て取れる。子供っぽい顔つきなのに、メイクはやけに大人びていた。自分を活《い》かすというよりは別の誰かになろうとしている、そんな風貌《ふうぼう》だ。ざっくりと開いた胸元から緩やかな膨らみが見え、思わず視線を逸らす。

「よろしくお願いします。メグミです」

自分と同じ髪の色をしていることもあってか、彼女は僕に似ていた。

「芽々」

笑顔を浮かべてやってきた芽々は僕を見るなり真顔になり、固まった。

「……無事なのか？」

芽々は僕の問いに答えず、振り返って出ていこうとする。僕は思わず彼女の腕を取ったが、払われてしまった。立ち上がろうとする僕をユースケが制し、「ここは、自分がいきます」と言って芽々を追いかけ、話しかけた。

水割りに口をつけ、頭のなかを整理する。しかし何を考えても答えは出ず、脳は混乱するばかりだった。軽く眩暈《めまい》がし、水割りにまた口をつける。それを何度も繰り返した。

しばらくして二人はテーブルに戻ってきた。芽々は僕の横ではなく、ユースケの隣に座った。一呼吸し、「どうしてここにいるの?」となるべく優しい口調を心がけて言った。

しかし彼女の目は、反抗心に満ちていた。それは榊夕実に見たものとほとんど同じだった。

「なんで来たの」

真っ赤に塗られた唇から零《こぼ》れた声に、かつての芽々の名残はなかった。

「ずっと、捜してた」

「なんで」

「心配だからだよ」

「嘘《うそ》」

ユースケが「本当だよ」と代わりに答える。しかし芽々は「心配って。今までずっとほったらかしにして、よくそんなこと言えるよね」と挑発的な態度を続けた。

「どうして家出なんか」

「ほっといてよ、今までほったらかしてたんだから、今までと同じようにほっといて」

咄嗟に芽々の頰を叩《たた》いた。その音が店内に響き、あたりが静かになる。様子を見にきたボーイは割って入ろうとしたが、ユースケが事情を説明しに彼を連れて出ていった。

芽々が僕を睨む。その下まぶたにじんわりと水分が溜《た》まっていくのがわかったが、彼女は決して流そうとはしなかった。

「俺のせいか」

「そうだよ、全部お兄ちゃんが悪いよ」

お兄ちゃん、と彼女が呼んだことがまたこたえた。

「どうして、俺が悪い」

「お兄ちゃんだってホストやってたじゃん。私がここで働くのが、どうしてだめなの」

芽々にはホストをしていたことは内緒にしていたはずだ。母ともそう約束した。

「なんで知ってる？」

「そんなの、皆知ってる」

「みんなって？」

「スマホ、貸して」

芽々がそう言って手を出すので、仕方なくスマホを渡した。ネットで何かを検索し、画面をこちらに向ける。ホスト時代の自分と目が合う。手に取り、スクロールしていくと、そこにはチュベローズのホームページに掲載していた顔写真や、仲間たちや客と撮った写真、誰かに隠し撮りされたようなものがあり、記事にはあることないことが適当に書かれていた。掲載されているのがマイナーなゴシップサイトだからか、こんなものがネットに上がっていたなんて知らなかった。そもそも自分くらいの存在の過去が暴かれたところで話題にはならないし、ネットの波に埋もれるレベルの内容だ。

しかし高校生にとってはこういうものが話のネタになるのだろう。

「学校で友達に見せられた。『これ、お前の兄貴だろ』って。信じられなかった。私の知ってるお兄ちゃんとは別人なんだもん」

「それは」

そう言ったが、次の言葉が出てこない。

「学校で馬鹿にされるのが嫌だったんじゃない。みんながまた私にお兄ちゃんの話をするのが許せなかった」

「だからって、なんで芽々がここで働くことになるんだよ」

「お兄ちゃんがナンバーワンになれるんなら、私だってなれるよ！」

彼女の瞳から涙がすっと落ちる。

「意味が分からないよ」

「私はお兄ちゃんに負けたくない！　私はお兄ちゃんを超えたいの！　だから」

「比べることじゃないだろ」

「比べられるんだよ！　ママだってモニカだって、お兄ちゃんの話ばっかり！　友達もゴーストタウンの話ばっかり！　お兄ちゃんなんて、私より早く生まれただけじゃん！　お父さんが死んだからいい学校行けただけじゃん！」

もう一度手が出そうになったが、どうにか抑える。

「芽々にだって、いい学校行かせてあげてるだろ」

「それが嫌なんだよ！　なんで、私はお兄ちゃんのお金で生きなきゃいけないの!?　一生懸命勉強しても、頑張っても全部お兄ちゃんのおかげになるなんておかしいよ！　私はひとりで生きたい！」

「だからって、あまりにも自分勝手だよ」

「お兄ちゃんに言われたくない。勝手にホストやって、勝手に恵ちゃんと別れて、勝手に家に帰ってこなくなって、どっか行っちゃって。『そうするしかなかった』。そんな風に思ってるんでしょ？　そんなの全部、自分を正当化するための理由づけじゃない。私を正当化の道具にしないでよ！」

正当化。その言葉は僕の内側を強く引っ掻《か》いた。

「私は恵ちゃんが大好きだったのに。お兄ちゃんがホストなんかやるから、恵ちゃんはいなくなったんだ。お兄ちゃんは私から大切なものを奪ってばかりだよ」

「メグミって名前にしたのも」

「そうだよ！　お兄ちゃんが捨てた人の名前だよ！」

芽々は目をひん剝《む》いて、そう叫んだ。

「私はもう誰にも影響されたくない。自分の世界を築いて、自分を評価してくれる場所で自力で稼いで、そうやって生きていく。そう決めて、ネットで夜の店を調べた。ここがちょうど新人の募集してて、寮もある。ママもいい人だった。『ここには過去はいらない。今から始められる場所』って言ってくれたの。だから、これからの私にはここがちょうどいいの!!」

そう言って芽々は顔を押さえ、丸くなった。

彼女の話はまとまりがなく、本人もちゃんと感情を整理できていないようだった。

しかし僕に対する怒りや恨みや嫉妬《しっと》は一貫していた。複雑な思いが歪んだ形で表出し、今回の行動に出た。そういうことなんだろう。どうすれば、彼女の絡《から》まった感情をほぐしてあげられるだろうか。迷った揚げ句、僕は彼女の隣に移り、そっと背中をさすった。彼女は嫌がったが、僕はしつこくそうした。

戻ってきたユースケが「光也さん、大丈夫っすか？」と声をかけた。すると芽々が、かすれた声で言った。

「お兄ちゃんは光太でしょ。なんで光也って呼ばれてるの。わかんない。私、全然わかんない」

「俺は光太だよ。そして芽々も、メグミじゃなくて芽々だ」

背を向けている芽々を抱きしめる。彼女の身体は火照り、汗ばんでいた。その感触は同じベッドで寝ていたあの頃をフラッシュバックさせた。

彼女を苦手だと思うようになったのはいつからだろうか。芽々が僕を避け始めたとき、どうして無理やりにでも向き合ってやれなかったのだろうか。

後悔しようと思えばいくらでもできる。だから過去は見ずに今を生きてきた。そんな自分に、芽々を責める資格はない。

「うちに帰ろう。母さんもモニカも、みんな心配してる」

芽々は頷かなかった。かといって嫌がっているわけでもなかった。

きっとどこかでこうして迎えに来てくれることを待っていたのではないかとも思う。

しかし彼女の気持ちを勘繰るのはやめにした。理解できなくても彼女の痛みを受け止めてやることが、今の自分にできる精一杯だと思えた。

ユースケが店に確認したところ、芽々は履歴書の年齢を二十歳と偽っていた。銀座から駆けつけたママは「メグミちゃん、未成年だったのね。大人になってまた働きたいと思ったら、いつでもいらっしゃい」と声をかけた。

「強くなるにはね、自分と向き合うしかないからね。誰かの背中を見るんじゃなくて、自分を見なさい」

なるほど、芽々の言う通りの人だった。

芽々は「短い間でしたが、お世話になりました」と頭を下げた。そして彼女を店から引き取り、実家へと向かった。ユースケとはそこで別れた。

DTに揺られる間、僕らに会話はなかった。しかし不思議と気まずさはなかった。玄関を開けると、母とモニカが出迎えた。芽々は黙ったままだった。母がおかえりと言って抱きしめると、芽々も身体を預ける。僕はそこまで見届け、実家から離れた。

スマホにユースケからメッセージが来ていた。開いてみると「例の件、守ってくださいね」とあった。

30　エクリチュール

妹を見つけた翌日の夜、ユースケは自宅の前で待ち伏せしていた。彼の目的はわかっていたので、部屋へ招き入れる。

棚の一番下からスコッチを取り出し、僕らは飲んだ。そして朝になるまで美津子の話をした。時間がかかったのは酔っていたからではなく、誤解が生じないように丁寧に話したからで、ユースケの方も一語一句逃さないように聞いていた。全てを聞いたユースケは「だからあの堅実なおばさんが、ホストに通うようになったわけか」と言った。

「でも、やっぱり変なんすよね」

「何が？」

「おばさんが死んだのはホストにはまって会社の金を横領し、取り返しのつかない状況になって自殺。この話を聞いたら普通そう考えると思います」

「でも俺はおばさんが死んだのは金のせいじゃない気がしてんすよ。だから光也さんはもっと何か重大なことを隠していると思ってた」

「俺は全部、正直に話したよ」

「信じますよ」

ユースケの声はなぜか少し震えていた。

「うちは母子家庭で、母ちゃんが忙しかったから、子供の頃からよくおばさんの家に預けられてました。だからおばさんのこと、性格とかも含めて、ある程度わかるんです。あの人はそんな無計画じゃない」

「それはそうかもな」

「でも俺、自殺する一年前くらいからほとんど会えてなくて。その頃に何かがあったはずなんです」

「俺はその間しか知らない」

「だからピースがはまると思ってた。でもまだ足りない。そもそもおばさんは会社でかなり上の地位にいたし、給料も貯金も相当あったはずです」

「え？　俺と会ったときは経理で、それほど給料をもらえる役職じゃなかったはずだ
「そうだな」

けど」

「うそ」

ユースケは空のショットグラスをくるくると回しながら、宙を見上げた。

「おばさんが経理だなんて聞いてないっすよ。何かやらかしたのかな」

「俺の面接官だったときは経理じゃなかっただろうから、何かあったとしたらそのあとだろうな」

ユースケはスコッチのボトルを摑《つか》み、ショットグラスになみなみと注いで呷《あお》った。

「じゃあ、それ調べてください」

「もういいんじゃないか。そこまで知らなくたって」

「調べてください！」

ユースケは子供っぽく声を荒らげ、頭を掻きむしった。

「知りたいんですよ、何があったか」

キッチンからコーヒーを持ってきたが、彼はそれには口をつけなかった。代わりにタバコに火をつけた。

「真相が明らかになれば、おばさんが死んだのは光也さんのせいじゃないってことになるかもしれない。あなただって、もう自分を責めなくて済むんですよ」

スコッチを飲むたびに広がるピートの香りは消毒液に似ていて、頑《かたく》なだった僕の何かを少しずつ漂白していくようだった。

「ひとつ俺からも聞いていいか」

「なんすか」

「俺の前に付き合っていた人って誰だか知ってるか」

煙を細く吐き出しながら、「それは一切教えてくれなかったっす」とユースケは言った。

「すんません、ちょっと眠くなったんで」

そう言ってタバコを消し、テーブルに突っ伏してユースケは寝てしまった。まるでテーブルに甘えるような姿勢で、彼の寝顔は幼かった。

＊

十二月になり、ＡＩＤＡもＤＤＬも停滞していた時期が嘘のように慌ただしくなった。スマホ版ゴーストタウンは、専用の３Ｄホログラム照射ガジェット——それをタウンメーカーと名付けたのは僕だ——と組み合わせてプレイすることが決定し、来年の三月までにプロトタイプを開発することになった。ガジェットの制作は、スマホアプリの制作に特化したＤＤＬよりもＡＩＤＡの方がノウハウがあるため、今後は二社共同でローンチを目指す。僕はその橋渡しも担《にな》い、二社を行ったり来たりしながらチームの指揮を執った。

十二月中旬、互いの進捗《しんちょく》状況と来年の見通しを確認するため、年内最後の全体会議が行われた。その日、東京でこの冬初の降雪があると予報された。

タウンメーカーの開発チームは、持ち運びやすいよう形状を筒型にしたいと提案した。小型のペットボトルを持ち歩くようなイメージだという。上部にあるレンズからレーザーを発生させて３Ｄホログラムを投射し、縦横二メートルほどの映像を映し出す。モーションセンサーも搭載するため、従来のゴーストタウンと同じようにジェスチャーでプレイすることも可能らしい。

プレゼンされたアイデアはどれも悪くなく、アーケード版ゴーストタウンを換骨奪胎しようという努力は認められた。しかし従来のものを超えていないというのが率直な感想だった。例えばアーケード版で体験できるダメージを受けたときの痛みは再現されない。スマホ版ならではのアイデアが必要だ。

「いいですか」

僕は手を挙げ、「タウンメーカーでプレイヤーを浮かび上がらせることはできませんか」と開発チームに質問した。

「どういうことですか」

「例えばプレイヤーの写真を読み込ませ、アバターとして構築して浮かび上がらせる。そうすればプレイヤー本人のビジュアルをキャラクターにして遊べますよね。アバターの武器や衣装も選べるようにすれば、さらに盛り上がるはずです」

「3Dトーキングのようなイメージですか？」

「そうですがリアルな映像というよりは、多少デフォルメされたキャラクターの方が面白いと思います。例えばポリゴン的でもいいし。ゴーストタウンならではのキャラクターに変換できるシステムをお願いしたいです」

「でもゴーストタウンってＦＰＳじゃないですか。プレイ時に仲間のアバターは見れても、自分のアバターは楽しめないですよね」

「はい。なのでサード《T》・パーソン《P》・シューティング《S》ゲームにしようかと」

チームのあちこちから、否定的な声が漏れる。

ＴＰＳはＦＰＳとは異なり、第三者視点、例えばキャラクターの背後や俯瞰《ふかん》の視点でプレイするゲームを言う。常に自分の設定したキャラクターの姿や動きを楽しみながらプレイできるのがメリットだが、没入感はいくらかそがれてしまう。架空世界をリアルに体感できるのが売りのゴーストタウンをTPSにするのは、大きな賭《か》けだった。

「皆さんの意見はわかります。しかしスマホ版の場合、完全に仕切られたアーケードの筐体《きょうたい》とは違い、視覚が全て映像で覆《おお》われるわけではありません。そもそもゴーストタウンの世界に没入しにくい。だったら空間に映像を浮かび上がらせるというゴーストタウンの特徴のみを強調し、新たな楽しみ方を提供するべきです」

専門チームが答えを出せずにいると、八千草が「いいんじゃないか。どうすれば形にできるか、年始までに考えておいてくれ」とアシストしてくれた。

「では次回の会議は年明け、一月十日の朝十時からでお願いします」

そう言って会議を終わらせようとすると、八千草が「ちょっといいか」と口を開いた。

「最後に私から挨拶《あいさつ》をさせてほしい。みんな、今年はいろいろあったが、本当によく頑張った。ご苦労さまだった。あの一件で予定が崩れたり、今振られた無理難題と格闘することになるセクションもあるだろうが、ここまで文句も言わず向き合ってくれてとても感謝している。ただ気を抜かないでほしい。競合他社と売り上げが拮抗《きっこう》しているなかで、このプロジェクトは逆境を乗り越えるための、社運を賭けたものであるということを今一度心に刻んでほしい。そして来年は一気に勢いをつけ、スマホ版ゴーストタウンを最高の商品に仕上げ、伝説を作ると誓ってほしい」

それまで淡々と進んでいた会議に異質の緊張が走る。

「しかしだ。クリスマスと年末年始の休みの間だけは忘れろ。これは命令だ。そして恋人や家族に尽くせ。それができない人間に、人を楽しませるゲームは作れない。相手がいないものはその日だけは好きに遊べ」

八千草がそう言って頬を緩める。会議室は穏やかなムードに変わり、普段は事務的な社員も砕けて笑った。

八千草は信頼されていた。冷静で知的な分析と知識量、指示の的確さはもちろん、こういった精神論やジョークなども会話にうまく取り入れた。コミュニケーションの緩急も上手だ。その人心掌握術は真似《まね》しようと思ってもなかなかできるものではない。

抗議文の一件を通じて、僕と八千草との関係も近くなった。ラスコースの榊に悪夢のような圧迫面接を思い出させられはしたが、八千草に対する憎しみが噴出するということはなかった。いつの間にか僕は彼に心を許していて、彼の方も僕を頼っているところがあった。

しかし僕はどこかで八千草と親密になるのを避けていた。二人きりで会うことはなく、必ず松村を加えた三人で打ち合わせや会議に出かけた。松村はそんな僕の思いも知らず、よく「二人ってなんか、血が繋《つな》がってそうですよね」と言った。

彼には、なにか嫌な予感がするのだ。それは美津子と関係があるからかもしれない。八千草は間違いなく美津子を知っている。それは面接で僕が『君主論』を引用したのに彼が気付いたときからわかっていた。真相に辿《たど》り着くには、彼に直接尋ねるべきだ。そう思うものの、なかなか行動に起こすことができなかった。美津子のことを考えるのを、身体《からだ》が本能的に避ける。その反応もまた、苦痛だった。

しかしユースケはあれからもしつこかった。毎日のように「何かわかりましたか？」と聞いてくるし、時に待ち伏せもされた。二ヶ月も。そろそろユースケも限界だった。放っておけば彼は自ら動き出す勢いだ。そうなれば、何をするか読めない。

僕自身が前に進むためにも、美津子のことを清算した方がいい。そう自分に言い聞かせ、僕は八千草を夕食に誘う機会を狙《ねら》うも、タイミングを逃してばかりだった。

会議を終え、エレベーターを待つ。やってくるのは上に行くものばかりで、なかなか下に降りられず苛立《いらだ》つ。そのひとつからデリバリーの配達員が出てきた。彼はＤＤＬではなく、管理人室の前に立った。わかりにくい部屋だが、何度も来ているのか迷う様子はなかった。ノックをすると扉が少しだけ開き、中から腕が伸びてくる。遠目からでもわかるくらい太く緩んだ腕はびっしりと毛で覆われていて、思わず見入ってしまった。

扉はすぐに閉められた。配達員は誰も見ていないにもかかわらず、その扉に礼をしてエレベーターホールに戻ってきた。好奇心を抑えきれず、「すいません、あの部屋って？」と彼に尋ねると、「さぁ、俺にもよくわかんないんすよね。でも、よく利用してくれるし、チップももらえるんで、超感謝してます」とポケットから千円札を見せた。

下りのエレベーターはいまだ来ない。

「いい会議だったね」

いつのまにか八千草が後ろにいた。

「あ、おつかれさまです」

「どこかへ行くの？」

「さっきの会議の件でまだ考えたいことがあるので、近くのカフェにでも行こうかと。

八千草さんは？」

「私はＡＩＤＡに行ってくるよ」

ようやくやってきたエレベーターはすし詰めだったが、無理矢理乗り込んだ。八千草とかなり近い距離になり、息をするのもためらわれる。一階に着くと胞子がはじけるようにエレベーターから人が吐き出され、外に出た僕は思い切り深呼吸した。

「では」

八千草は柔らかい表情を僕に向け、会社を出て行こうとした。

「あの」

再び振り返った八千草はメガネをあげ、細い目で僕を見た。

「どうした?」

「飲みに行きませんか。できれば今年中に」

「構わないよ」

八千草は着ていたチェスターコートからスマホを取り出し、何度か頷《うなず》いてから「むしろ今日なら都合がいいんだが、どうだい」と言った。

「わかりました、大丈夫です。場所はこっちで決めておきます」

「いや」

エントランスの外で、綿雪がゆっくりと落ちていく。

「『エクリチュール』に八時」

エクリチュール。美津子が教えてくれたあのフレンチ。

「では、あとで」

八千草は踵《きびす》を返し、雪の中を歩いていく。僕はその背中をじっと見つめた。

待ち合わせ時間の十五分前に着くと、八千草はすでに店にいた。すっかり落ち着いている姿勢だったが、外の寒さの名残が彼の耳朶《じだ》と鼻先の赤さに見て取れた。

「お待たせしました」

コートを店員に預けながら、八千草に声をかける。彼は「待っていないよ。時間より前だしね」と落ち着いた口調で言った。

「雪、やまないですね。今夜はこのまま降り続けるとなると、明日は積もるかも」

「あぁ、遅刻する社員が多そうだ」

「この店はよく来られるんですか」

「あぁ、かつての恋人と一緒にね」

すでに注文されていたらしいシャンパンが僕らの前に運ばれた。

「君がいつか私を誘うとわかっていた。その意味もね」

「話が早いですね」

彼がこの店を指定したのも、やはりそういうことだ。

グラスの中でシャンパンが火花のように弾《はじ》ける。

「我々がかつて愛した女性に」

八千草がグラスをこちらに差し出したので、自分のグラスを当てる。シャンパンを口に流し込むと、甘みと苦味が舌に溶け、喉《のど》へと抜けた。

「全部お見通しですか」

「面接のときに君の身辺は全《すべ》て調べていたからね。それに勘のいい君のことだ。いつか美津子のことを尋ねてくるだろうと思っていたよ」

「そうするつもりじゃなかったんです。本当は」

「でもやっぱりこうなった」

「はい」

「タイミングはいくらでもあったのに、ずいぶんと遅かったね」

「ばたついていましたから」

「そうだね。君には感謝しているよ。だからこそ、なんでも答えるつもりさ」

八千草は魚介のムースを口にし、さらりと「まさか自殺してしまうなんてね」と言った。僕の瞼《まぶた》がぴくりと反応したが、合わせて「本当です」と応《こた》える。

「どれくらいお付き合いをしてたんですか」

「八年かな。私たちは長いこと一緒にいたよ」

「でも八千草さんにはご家族がいますよね？」

「グラスが空になってしまった。白ワインでいいかな」

八千草は新たにトスカーナの白ワインのボトルをオーダーし、「私の不倫を糾弾しないでくれ。君だってホストだったんだから、そういう人たちをたくさん見てきたし、理解できるはずだ」と言って微笑《ほほえ》んだ。

「私はもともとAIDAの社員でね。美津子はクライアントの社員だった。中規模のトイメーカーだよ。何度か仕事をして、彼女があまりにも優秀だったから引き抜いた。彼女が参加したうちのチームは、勢いをつけ数々のヒット作を打ち出した。あの頃の私は野心に溢《あふ》れていてね。美津子もそういう私を面白がったんだ。そんな二人が関係を持つのも自然な流れだろう？　そういえば彼女は少しうぶなところがあってね。私はいろんなことを教えてあげた。例えばこの店とかね」

次に運ばれてきたのはオマール海老《えび》のポワレだった。八千草はスムーズにそれをカットし、口に運んだ。

「やがて私たちはDDLの創設メンバーに選ばれた。彼女は三十を過ぎたくらいで、今後は人の上に立つ場面も増えるだろうと思い、私が君主論をプレゼントしたんだ」

久しぶりに食べたこの店の料理は、どれもあまり味がしなかった。

「君が面接で君主論の話をしたとき、私は内心わくわくしていたよ。さすがは美津子が愛した男だってね。面接官の中には君を不採用にしたがる者の方が多かったが、私は君をぜひにと言った」

「そんな風には見えませんでした。ただいたぶっているとしか」

「君も榊のように私を責めるのかい」

そう言って白ワインを口にし、「君はここにいて、ＤＤＬにいる。理想の場所にいるんだ。それでいいじゃないか」と微笑んだ。

「じゃあ、違う質問をいいですか。どうして斉藤さんと別れたんですか」

「成り行きだ。男女がくっついたり離れたりすることは珍しいことじゃない」

運ばれてくるメニューは全て美津子が気に入っていたものだった。

「もうひとつ」

「なんだ」

「それほど優秀だった斉藤さんが、どうして経理に飛ばされたんですか」

八千草の口元が一瞬止まった。

「本当に知りたいかい？」

「ええ」

八千草の耳と鼻の赤みはいつのまにか失《う》せ、元通りになっていた。

「パワハラ、というのかな」

31　ペトラルカ

　美津子の才能は、相手に合わせて如才なく振る舞う対応力と、相手の一歩も二歩も先を読んで行動する頭の回転の早さだった、と八千草は言った。それは誰も真似できるものではなかったと。

「ただしパーソナルな面に問題があった。完璧《かんぺき》主義者によくありがちな、他者にもそれを強いてしまう点だ。DDLは当時できたばかりの会社で、人材の実験場としても機能していた。今では考えられないが、AIDAから送られてきた中に、例えばアイデアは面白いが遅刻ばかりしてくる人間や、口ばっかりで少しも動かない人間、またどうにもならないコネ入社なども数人いた。もちろん、ほとんどは優秀な社員だよ。けれど個性という言葉ではくくれないような人間もいてね」

　八千草はワイヤレスイヤホンをしている方の耳を引っ張った。彼の癖だ。

「美津子はそんな社員たちとどうにか向き合っていた。しかし、とある社員とはどう

して も相容《あいい》れなかった。名前は伏せるが、面倒なやつでね。訳あって誰も彼を批判できなかった。それでも美津子だけは彼を厳しく指導し、社会人として一人前にしようとしたんだ。でもなかなかうまくいかなかった。美津子は思い通りにいかないことに苛立ち、指導はエスカレートした。やがてそれは一線を越えてしまった。手を上げたこともあったらしい。のちに明らかになって、彼女は異動せざるをえなくなった」

そんな美津子を想像できない。

「ただ、異動は間違いだった。結果的に彼女を追い込んでしまった。会社が横領された金額を遺族に請求しなかったのは、こちらにも非があったと認めているからだよ」

「異動のとき、八千草さんは美津子とは」

「別れたばかりだった。私がいてあげられればよかった。後悔してもしきれないよ」

「後悔するくらいなら、どうして守ってあげなかったんですか」

思わず責めるような口調になる。

「ならばどうして君が守らなかった」

外の雪は行き場を失ったように無軌道にゆらゆらと舞い、どこかへ消えていった。

「私が離れたあと、君は彼女の近くにいたんだろう」

八千草が諭すように言う。

最も小さい会議室に連れ出すと、まだ使われていないはずなのに中は意外と暖かった。隣の部屋がエンジニアルームなので、ＰＣの熱が漏れているのだろう。

「話って何ですかー、告白ですか？」

　クリスマス目前だからか、松村はやけに陽気だった。

「松村は仲のいい女の先輩とかいるのか。俺よりも年上の」

「あー、話すくらいの人は」

「探ってもらいたい話があるんだ。十年くらい前までこの会社にいた斉藤美津子って人のことなんだけど」

「斉藤美津子さん」と繰り返しながら、彼女は壁に寄りかかった。

「その人、パワハラ騒ぎで異動になったらしいんだ。で、その被害者が誰か知りたい」

「その話聞いたことある」

　鼻の赤みが少しずつ引いていく。

「誰から聞いたんだっけな。大川さんから聞いたような。飲みに行ったときにその話が出たんですよ。すごい優秀だった先輩がパワハラで飛ばされたって。うちの会社そういうとこちゃんとしてるから、嫌な上司がいたらセクハラされましたって言えばどっか行っちゃうよーって冗談で。パワハラされた人、なんだっけな、名前が思い出せないんですけど今はDDLじゃなくてAIDAの人だったと思います」

「AIDA？　そいつはDDLを出されたってことか」

松村は少し考えるように目を瞑《つむ》り、腕を組んだ。

「確か親が偉い人だったような……コネ入社なんですよ」

八千草が探るなと言ったのはそういうことだったのか。

「名前、調べてくれるかな」

「珍しいですね、先輩が人のこと調べるなんて」

「ちょっとわけがあってね。ただ、誰にもばれないよう、さりげなく探ってほしい。あまり露骨に動くとこっちが目をつけられる。それは困るんだ」

八千草はおそらく僕の動向を探っている。

「ほぉ、危険な案件ってヤツですね。わかりました！　松村三夏、スパイ業務承ります！」

松村はそう言って敬礼した。どこか楽しそうな彼女に、心なしか救われる。

数日後、松村は男の名前を教えてくれた。

加賀宮明《かがみやあきら》。彼のことは僕も知っている。

加賀宮はＡＩＤＡと懇意にしている大手電機メーカー「ラジータ」の社長、加賀宮智寛《ともひろ》の三男で、今はＡＩＤＡの営業部にいる。年齢は僕の八つ上だったはずだ。

彼の父親である智寛は当時傾いていた「ラジータ」の経営をひとりで立て直した人物で、業界内外問わず尊敬され、彼に関する書籍が何冊も刊行されているほどだ。

しかし明は父に似なかった。松村が調べたところによると、彼は小中高大をエスカレーター式で進学、卒業後は高校から続けていたバンドでデビューを目指すも挫折《ざせつ》、一年海外に留学したのち親の紹介でＡＩＤＡに入社した。

性格も粗雑でだらしなく、時間にルーズで仕事も中途半端《ちゅうとはんぱ》、後先考えずに行動するため後輩たちは彼の尻拭《しりぬぐ》いをよくさせられていた。

自分とは部署が違ったのでそういったことはなかったが、苦労させられた人間を何人も知っていた。困ったことに、時にその豪快さが功を奏し、クライアントに気に入られることもあって、営業ではそれなりに結果を残している。加えて親のこともあり、何か問題が起きても誰も彼のことを非難できなかった。

一度、加賀宮に合コンに誘われたことがあった。僕がいくつかのプロジェクトを仕切り始めた頃だ。断ると彼は「俺の誘いを断るやつなんているんだな」と言い残し、その場を去った。いちいち癪《しゃく》に障《さわ》る男だと思ったのを覚えている。

電話でユースケに八千草と話したことと加賀宮のことを伝えると、彼は僕に加賀宮と接触して事実を確かめてほしいと言った。無論、僕もその気でいた。加賀宮を罵倒《ばとう》したくなる気持ちはよくわかるが、それでも美津子が不用意な行動に出るとは思えない。どうしても事実を確かめたかった。

年内最後の出勤日、ＡＩＤＡとＤＤＬの合同納会が開催されるというので、そこで加賀宮とコンタクトを取ることにした。納会初参加の松村を引き連れ、開催場所である高級ホテルの宴会場に入ると、すでに大勢の人が集まっていた。立食形式で部屋の両端には和洋中さまざまなケータリングがあり、適当な間隔で配置された丸テーブルにも軽食が置かれている。

壇上に飾られた花はどれも豪勢で、横断幕には「ＡＩＤＡ ＤＤＬ合同納会」の文字が大きくプリントされていた。納会というよりも社交パーティと呼ぶ方が近い。普段スーツなど着ないような同僚たちも今日はスーツに身を包んでいた。

「なんかすごいですね」

普段は積極的な松村も、雰囲気に圧倒されて僕の後ろにぺったりと張り付いている。トレイにドリンクを載せて運ぶボーイからシャンパンを受け取り、各テーブルを回って面識のある人と挨拶を交わしていく。皆一様に「金平が来るなんて珍しいな」と口にするので、「そろそろこういった場にも参加していこうかと」と適当な言葉を返した。

テーブルからテーブルへと移動する間、松村が「もしかして光太先輩も納会来るの初めてなんですか」と僕に聞いた。

「こういうところは苦手なんだよ」

「もとホストのくせに？」

松村がにやにやしてそう言ったので、「俺より出世したいならここで顔売っとけ」と冗談混じりに言った。

納会に来るのは部長クラスから上の人間と上昇志向のある人間くらいなもので、実際は参加しない社員の方が多い。僕自身も面倒な人付き合いを好まないので、これまで参加したことはなかった。しかし今日はそういうわけにはいかない。チュベローズで働いていた頃の感覚を呼び起こし、社交的に振る舞う。

挨拶をして行きながら加賀宮を探すが彼の姿はなかった。ラグビー仕込みの体軀《たいく》はがっしりしていて、身長も百八十センチ以上とかなり目立つため、見逃すわけがない。加賀宮の性格からして間違いなく参加すると思ったが、今日は来ないつもりなのか。

「金平くん」

声の方を見ると、八千草が手招きしている。隣にはＡＩＤＡのアンダーウッド直政《なおまさ》副社長がいた。駆け寄るなり、八千草が「彼が金平光太です」と副社長に僕を紹介した。

副社長は滅多に会社に来ないことで有名で、見かけたことはあるものの、こんな風に話すのは初めてだった。

僕は姿勢を正し、「金平光太です。今年の七月にＡＩＤＡからＤＤＬに出向になりました」と頭を下げた。続けて「彼女は後輩の松村です」と紹介した。

「もちろん君たちのことは知っています」

イギリス人の父を持つだけあって日本人離れした顔立ちで、すっとのびた鼻梁《びりょう》には思わず見とれてしまう。深い皺《しわ》や白い頭髪は年齢を感じさせるも、色素の薄い瞳《ひとみ》はコスモスを思わせる美しさで、両手を杖《つえ》にのせる様もまた絵になっていた。

「特に例の件は見事でした。あなたの機転のおかげで我が社はどうにか持ちこたえることができた。本当に感謝しています」

そう言って彼は片方の手を杖から離し、僕の手を握った。

「いえ、たまたまですし、チームのみんなのおかげでもあります」

そう言うと副社長は笑みを浮かべ、ゆっくりと頷いた。

「失礼します」

彼らから離れると松村が「顔売っとけって言ったくせに、結局出世するの光太先輩な感じじゃないですか」とふてくされたように言う。

十九時を回り、納会が始まった。乾杯の挨拶を副社長が述べ、それから重役たちがひとりずつ社員たちに労《ねぎら》いの言葉をかけていく。僕はそれに耳を傾けることなく、加賀宮がやってくるのをひたすら待っていた。

32

加賀宮

二十時を過ぎた頃にやってきた加賀宮は、すでにどこかで飲んできたのか頬が赤くなっていた。ネクタイも緩んでいる。ボーイから赤ワインを受け取った彼は初めからいたような素振りで上層部の挨拶を聞いている。話が終わるなり彼はネクタイを締め直し、グラスの空いた上司たちのもとへドリンクを渡しに行った。

「松村、加賀宮さんに話しかけてきてくれないか」

「お、スパイの任務ですね。何を話せばいいですか」

「そうだな。自然な流れで褒めてほしい。例えば、『身体大きいですね』とか『筋肉すごいですね』とか」

自尊心の強い男は褒められると簡単に気を許す。特に彼に関しては、今も週三でジムで鍛えているとSNSにあったので、身体にまつわる話題が効果的だ。

松村は携帯用の鏡を取り出し、軽く化粧を直して「それで、それからどうすればいいんですか」と僕に向き直った。

「会話が進めば『今日は誰と来たの』って聞いてくるはずだから、俺の名前を出して呼びに来て。俺はずっとここにいるから。そのあとは好きにしていい」

「オッケーです」

松村はそう言ってテーブルにあったビールを持とうとする。

「ちょっと待って。ウーロン茶、一気に飲んで、一呼吸してから行って。あと、手ぶらで行けば飲み物を勧められるから、それでどうにか会話を続けて」

「私、全然酔ってませんよ」

「いいから」

彼女は怪訝《けげん》な表情を浮かべながらも言われた通りにウーロン茶を一気に飲み干し、加賀宮のところに向かった。

松村に突然話しかけられた加賀宮は最初こそ身構えたものの、すぐに打ち解けて会話を続けた。内容は聞こえなかったが、お互いが笑顔になる瞬間もあったのでうまくいっているようだ。

それから十五分ほどして松村が僕を呼びにきた。松村は「先輩の予想通り、『今日は誰と来たの』って聞いてきましたよ！　すごい、占い師みたい！」とはしゃいで言った。加賀宮を見ると目が合ったので会釈をし、松村と彼のもとへ歩いていく。途中、彼女が「意外といい人でした」と言ったので、「あいつはやめとけよ」と小声で返す。加賀宮は僕に笑顔を向けていたが、内心がっかりしているのが見て取れた。それは松村が男と一緒だったからではない。彼は僕のことをよく思っていないのだ。分かっていながらも、元同僚としての自然な態度を心がけ、話しかける。

「加賀宮さん。お久しぶりです」

「おぅ久しぶりだな。DDLに出向になったんだって？」

「慣れない現場で右往左往してます。加賀宮さんは、どうされてるんですか」

「変わらず営業やってるよ、つまんねぇことばっかだけどな」

ありきたりな会話を続けていると、「ってか、なんかお前少し変わったな」と彼は口にした。ここぞとばかりに「そうですか？　でも加賀宮さんも少し変わりましたよ」と言い返す。

「どんな風に？」

「なんていうか、男の渋みみたいなのを感じます」

加賀宮の表情がふっと緩んだ。

「すみません、私ちょっと」

松村はそう言って入口の方へ向かった。加賀宮が「大丈夫かな、あの子」と聞いてきたので「ただのトイレですよ」と言った。ウーロン茶を飲ませておいて正解だった。

二人きりになり、真剣な表情に切り替える。

「実は、加賀宮さんにずっと謝りたかったんです」

「何を？」

「合コンを断ったことです」

壇上では次の役員が挨拶をしており、会場はとても静かだった。加賀宮は堪《こら》えるように口を押さえて笑う。

「そんなこと、気にしてたのか」

「せっかくのお誘いでしたから。あの頃の僕はなんていうか、すごく固かったんです」

「自覚してんのかよ。ほんと、あの頃のお前はとっつきづらかったよな。俺だけじゃないぜ、みんなそう思ってた。だから俺がみんなとの仲を取り持ってやろうとしたのによ。『自分そういうの全然興味ないんで。ってか時間の無駄じゃないっすか』って言ったんだよ、お前」

加賀宮は僕の真似をしたようだった。

「お前のこと、ぶっちゃけ苦手だったんだ。でも、こうやって話してみると、結構気さくなところもあんのな」

「そうですかね。少しは大人になったのかもしれません」

加賀宮はテーブルにあるカプレーゼのピンチョスを食べ、「大人、ね」と言った。

「あの頃は一匹狼《おおかみ》気取ってたんですよ。今もほとんどひとりみたいなもんですけど」

僕もあえて同じピンチョスを手に取った。

「その割にはいっちょまえにアシスタントとかついてんじゃねーか。彼女とはどうなんだ」

「なんもあるわけないじゃないですか」

「正直に言えよ」

「ないですって」

カプレーゼのトマトはフルーツトマトで僕には甘すぎた。

「じゃあ、松村に頼んで合コンセッティングします?」

加賀宮は下卑《げび》た表情で口を開け、「お前、別人みたいだな」と言った。

「絶対だぞ」

「ええ」

今度はお互いに生ハムを頬張《ほおば》る。

「今日はこれで終わりですか」

「あぁ。会食はこの前に一件済ませてきた。このあと、上司に誘われるかもしれないからな、毎回パーティのあとは空けてるんだ。お前は？」

「ええ、僕も空けてますよ。加賀宮さんと同じ理由で」

最後の挨拶が終わり、拍手が鳴る。

「今日は諦《あきら》めます？」

「何を？」

「上司待ちするの」

前の方で社長や副社長、八千草ら上層部がたむろしながら杯を交わしている。そこに野心家たちが、砂糖に群がる蟻《あり》のように近づいていく。

「そうだな」

「じゃあ」

「飲み行くか」

「ええ」

僕はポケットの中で右手をぐっと握りしめた。

会場を後にし、松村を帰して加賀宮と次の店に向かった。加賀宮は松村もぜひと誘い、彼女もどことなく行きたそうだったが、帰るようにアイコンタクトで指示する。そこから加賀宮の行きつけのバーを二軒はしごした。会話のほとんどは自慢話で退屈だった。それでも彼の喜びそうな言葉を選びながら酒を勧めていく。加賀宮はその体軀に見合った飲みっぷりでどれだけ飲んでも酔わなかったが、僕もチュベローズ時代に培《つちか》った酒の強さを見せつける。今日だけは先に潰《つぶ》れるわけにいかない。

午前二時を過ぎ、自分の行きつけも紹介したいと「ブルーレイン」へ加賀宮を連れていく。タクシーで向かう途中ユースケに、「今から加賀宮とブルーレインへ行く俺の酒は弱くするよう伝えてほしい」と連絡した。

店に入るなり加賀宮は「エロい店だなぁ。今度俺にも使わせてくれ」と上機嫌で言った。カウンターに座ると店員が「金平さん、いつものカクテルでいいですか?」と声をかけてくる。もちろんいつものなんてないが、僕は頷いて加賀宮に「お気に入りがあるんです。一緒にどうですか」と聞く。

「あぁ、金平がいいって言うんならそれを飲ませてくれ」

同じものを注文したのは交換させないためだった。

「かしこまりました」

店員がちらっと僕を見る。ちゃんと伝わっているようで安心する。

出てきたカクテルは、見た目が全く同じだった。口にすると、予定通りアルコールは感じなかった。一方、加賀宮は「うまいけど、効くなぁ」と唸《うな》っている。

そこからまた二時間ほど飲み続けた。加賀宮は途中からウィスキーをストレートで飲むようになり、さすがに目も虚《うつ》ろになってきて、「おまえさけつよいなぁ」と回らない呂律《ろれつ》で言った。いい頃合いだ。

「あーそう言えば、ちょっと聞きたいことあったんですけど」

なるべく軽い感じで、話を切り出す。

「加賀宮さん、パワハラされたことあるって本当なんですか」

そう言った途端、緩んでいた加賀宮の目つきが鋭く変わる。

「なんでその話を？」

「いや実は……自分もちょっとそっち系で悩んでて」

「パワハラされてんのか。誰だ。言え」

仲間意識が芽生えたのか、いつでも自分が牽制《けんせい》してやるといった勢いだ。

「ちょっと、今は言えないんです。いつか、言えるときがきたら……どうしたらいいのか、ちょっとわかんなくて」

俯《うつむ》き、弱気になったムードを醸《かも》し出す。

「加賀宮さんにしか相談できないなぁと思ってたんです」

「そうか。辛《つら》かったな」

加賀宮が優しく僕の肩を叩《たた》く。明らかに同情している。

「相談に乗ってほしいです……加賀宮さんの時はどうしたんですか?」

「大事なのは、なにより証拠だ」

彼はそう言ってポケットからスマホを取り出した。

「ちょっと、待ってな。確か、クラウドにあったと思うんだけど」

スマホのロックを指紋認証で解除し、操作する。

「あったあった。これだ」

僕は画面をのぞき込んだ。それはDDL社内を写した、防犯カメラのような映像だった。デスクが所狭しと並んだフロアは今と変わらない。中央に加賀宮がいる。今、僕のデスクがある場所の真後ろだ。彼の隣には美津子もいる。他に社員はいない。

久しぶりに見た美津子の姿に動揺するが、加賀宮に悟られないよう平静を装《よそお》う。

二人はそれぞれＰＣを操作していた。音声は途切れ途切れで、ノイズが入ることも多く、会話はほとんど聞き取れない。

その映像がしばらく続いたあと、突然美津子が立ち上がり、加賀宮に向き直って大きく平手打ちをした。そして彼女は加賀宮から離れ、フロアから出て行く。映像はそこまでだった。

「ひどいだろ。これが証拠だ」

加賀宮は鬱陶《うっとう》しそうにそう言った。

平手打ちの直後、美津子が何かを言ったように聞こえたが、よく聞き取れなかった。なのでもう一度再生してもらう。スマホに耳を近づけると、ノイズ音に混じって「あんた　役立たず　親　最低」と聞こえた。

「これ日常だったんだぜ。百歩譲って俺の悪口だけならまだしもさ、親のことはダメだろ。加賀宮智寛のことはさ」

「そうですね」

「それでも初めは我慢してたんだぜ。何を言われても、俺のためなんだって思い込んでさ。でも俺、ノイローゼになっちゃったんだよ。心療内科に行ったんだけど、全然よくならない。俺このままじゃ、死ぬって思ってさ。勇気を出して、この証拠を撮影して、上司に持っていった。で、言ったんだ。会社ごと訴える覚悟ですって。やりすぎかもしれないけど、それくらい病んでたからさ。そしたら上司がさ、斉藤を異動させるからやめてくれって。だから全部、あいつの自業自得《じごうじとく》なんだよ」

それが経理部への異動のことだけを言っているのか、美津子の死まで含んでいるのかは読み取れなかった。

「ありがとうございます。参考にさせてもらいます」

話を合わせるものの、映像の違和感が強く残る。

「あぁ、いつでも相談に乗るぞ。とにかく証拠だ。こっちが有利に、相手が不利になるような何かがあれば、パワハラは主張できる」

加賀宮はその後ひどく酔っ払い、ひとりでは帰れない状態になったので、住所を聞いてDTで彼を送った。乗り込むと彼は僕を信頼しきったのか、鍵《かぎ》を預けて眠った。揺すっても起きないのを確認し、彼のポケットからスマホを取り出す。力の抜けた加賀宮の指にスマホを当ててロックを解除し、先ほどのデータを自分宛《あ》てに送信後、履歴を削除した。

さすが加賀宮家の人間だけあって、彼の家は港区に完成したばかりのタワーマンションだった。下に着いたので無理やり起こしたが、まだ酩酊《めいてい》状態で、しかたなく肩を貸して部屋まで連れてあがる。

彼の部屋は最上階のペントハウスだった。玄関のドアを開けると三匹の犬と二匹の猫が加賀宮に駆け寄ってきた。犬も猫も全て種類が違う。彼はぼんやりしながらも「よしよし」と声をかけ、靴のままリビングに行ってソファに倒れ込んだ。僕は彼の靴を脱がせて、玄関に揃《そろ》えた。その間、一匹のジャックラッセルテリアが僕にじゃれつき、ずっとついて回った。

リビングに戻ると、加賀宮は無防備な寝顔を浮かべて眠っていた。そのまま帰ろうと思ったが、一応部屋を見て回る。リビングには熱帯魚と金魚の水槽がひとつずつあった。近づくと餌《えさ》をくれると勘違いした魚たちが水面に浮いてくる。

ひとり暮らしにもかかわらず間取りは3LDKで、各部屋は寝室と書斎と物置になっていた。どの部屋も几帳面《きちょうめん》に整頓《せいとん》されている。書斎には本棚とデスク、ゴルフグッズやパターコースなどがあった。PCに何か使える情報があるかもしれないと起動してみたが、パスワードを要求され断念した。

意外にも女の影はなかった。ペットがいるため、相手を選ぶのかもしれない。人をあまり入れたくない性格という可能性もある。

エアーポンプの振動音と加賀宮のいびきが響くなか、鍵をあらゆる角度から撮影する。そして鍵の輪郭をメモ用紙にペンでかたどり、その紙をポケットにしまう。用済みになった鍵をリビングのテーブルに置き、ジャックラッセルテリアの頭を撫《な》でてから加賀宮の家を後にした。

33　熱帯魚の群れ

ラップトップPCのモニターは四画面に分かれており、手足を縛られた加賀宮が角度を変えて映っている。加賀宮の顔はオレンジに染まり、苦悶《くもん》に歪《ゆが》んでいる。犬のお面をつけたユースケは壁にもたれかかり、貧乏揺すりをして彼の痛みが引くのを待っている。

僕は車の中でそれを見ていた。犬の鳴き声がイヤホンから聞こえる。

＊

加賀宮と話した翌日も僕は「ブルーレイン」に足を運び、ユースケを呼び出した。

「何かわかりました？」

「これが経理に異動させられた原因らしい」

加賀宮の動画を見せるとユースケは眉《まゆ》のあたりをひくつかせ、「これ絶対変ですよ」と僕に言った。

「音声、わざと聞き取りにくくしてますって。そもそも加賀宮の声がひとつも聞き取れないのおかしいじゃないっすか」

「俺もそう思う」

「加工してんすよ。元の映像が絶対あるはず。いやそもそも、全部合成なのかも」

「それはないな。事実無根なら美津子はもっと反発したはずだ」

「反発してたかもしれないじゃないっすか」

「美津子が手を出したのは間違いなく事実なんだろう」

昨晩と同じカクテルを注文したが、今度はアルコールが入っているものを頼んだ。

「でも音声を聞く限り、『親』とか、美津子の不利になりそうな言葉をわざと選んでいる可能性がある。なんせ相手は『ラジータ』の社長だから」

昨夜加賀宮が言った「こっちが有利に、相手が不利になるような何かがあれば、パワハラは主張できる」という言葉が、喉《のど》に刺さった魚の骨のように残っている。

「上司も俺たちみたいに気になったはずだ。けれど親を引き合いに出されたら、ＡＩ

ＤＡも対応しないわけにはいかなかったんだろうな」

「コネ入社のくそが」

「しかしこれ以上加賀宮から真相を探るのは難しい。あれだけ酔っ払っても自分が被害者だというスタンスは崩さなかったわけだし」

「だったら強引に吐かせちゃえばいいんすよ」とユースケは言った。その言い方があまりにまっすぐで、僕はなんと返すべきか戸惑った。

「いい方法があります」

彼は加賀宮から情報を聞き出す計画を語った。しかしそれは過激かつリスクが大きすぎた。さすがに難しいと制すも、「じゃあ他にどんな方法が？」とユースケは食い下がる。

「このままじゃ、死んだおばさんも浮かばれないっすよ」

彼の瞳に滲《にじ》む攻撃性に、思わずうろたえる。

「あいつがやったのと同じようにしてやればいいんすよ。それが当然の報いでしょ。光也さんだってそのつもりで鍵の写真、撮ったわけですよね？　迷惑はかけません。全部俺がひとりでやります。光也さんは、ただただ、待っててください」

「だめだ」

ユースケが僕の肩口を強く握る。

「なんでっすか」

「俺も行く。指示は俺がする。必ず、俺の命令に従ってくれ。絶対にだ」

彼は僕から手を離し、改めて差し出す。どうしようか迷ったが、僕はその手を握り、ぐっと力を入れた。


実行日は一月の二週目になった。

加賀宮に送った年賀状に「年が明けたら例の合コンしましょう」と書いておいた。すると年始最初の出社日に加賀宮から「来週の火曜日はどう？」と連絡がきたので、松村の予定を確認し、合コンをセッティングさせた。

松村にはあまりいい女性を揃えないこと、そして合コンのあとに誘われても断るように伝えておいた。松村は「二人でなんて行くわけないじゃないですか」と顔を赤らめたあと「でも可愛《かわい》い子揃えないってなんでですか」と質問した。

「あいつにそんないい思いさせたくないんだよ」

「だったらそもそも合コンなんかしなきゃいいのに」

はぐらかす僕と口を尖《とが》らせる松村の組み合わせは、お決まりになりつつあった。

合コンには僕と加賀宮、ＡＩＤＡ営業部の後輩と、松村が集めた大学時代の友人が参加した。加賀宮は相手のルックスに少しがっかりしていたが、松村に照準を定めて楽しんでいた。松村もまんざらではなさそうだったが、三時間ほどしてその合コンをお開きにする。加賀宮はしつこく引き止めたが、彼女たちは「明日が早いんで」や「実家で門限があって」などと言って予定通り去っていた。それから僕ら三人は反省会と称し、二軒目で一時間ほど飲み、終電で帰りたいと言う後輩に合わせて十二時前に解散した。

　加賀宮をＤＴに乗せ、僕は有人の個人タクシーを選んで乗った。

　少なくなったが有人タクシーはそれなりに街を走っている。現金しか持ち合わせていない人や、観光や場所が曖昧《あいまい》な場合などあえて運転手とコミュニケーションを取りたい人はこちらを選ぶ。今回有人タクシーを選んだのは、こちらの方が足がつきにくいと考えたからだ。ＤＴは常に車内が録音、録画されてデータが一括管理されている。対して有人の、それも個人タクシーは録音、録画くらいしているにせよ、基本的に車内トラブル用で、警察やセキュリティ会社とうまく連携を取れていないことも多い。むしろそこを利用する運転手も多く、犯罪者を匿《かくま》う代わりに高額の代金を要求するという話も少なからず聞く。しかし今回は取引のようなことはしない。あくまでたまたまこのタクシーに乗った人間だと運転手に思わせる。

加賀宮に感づかれないよう、彼が選ぶであろう道とは別のルートを運転手に指定し、彼のマンションを目指す。そして運転手に怪しまれないよう平然とした雰囲気を心がけ、ユースケに電話をかける。

「終わりましたか？」

「あぁ。そっちは順調か？」

不自然にならない程度に小声で話したが、念のため窓を少しだけ開ける。吹きこむ風の音がいくらか声をかき消してくれるはずだ。

「はい。でもなかなか人出てこなくて、オートロック抜けるのに結構時間かかっちゃいましたよ」

ユースケは住人が出入りするのに合わせ、オートロックのドアを潜《くぐ》り、マンション内に進入した。僕が雫や美津子のマンションに忍び込んだやり方と同じだ。

「もう部屋でスタンバイできてます。ばっちりっすよ。でもこんな簡単に3Dプリンタで鍵作れちゃったらやばいっすよね」

あのとき撮影した加賀宮の鍵の写真と型を知り合いのエンジニアに渡してデジタル数値化してもらい、それを3Dプリンタで出力した。手数料と口止め料をずいぶん取られたが、他に頼れる相手はいなかった。

「今、加賀宮が家に向かってる。十五分後くらいには着くはず」

「はーい。しかしこの家動物臭いっすわ。俺苦手なんすよ、獣のにおい」

「カメラもセッティング済みか」

「四台設置しました。もう見れると思いますよ。スマホでもラップトップでも」

カバンからPCを取り出し、起動する。四画面のひとつに映し出されたユースケは、フードを深く被《かぶ》り、犬のお面をつけている。ユースケが手を振ると、薄手のゴム手袋をしているのが見えた。PCのテレビ電話に切り替え、通話はハンズフリーのイヤホンに設定する。

「もしもーし。タイムラグ、気になります？」

「いや、かなりスムーズだ。こっちの声も聞こえるか」

「問題ないです」

「ペットは？」

「書斎に逃がしました。じゃあそろそろなんで準備しますね。俺の勇姿、見逃さないでくださいよー」

そう言ってユースケが電気を消すと、カメラは暗視システムに切り替わり、緑がかった映像が画面に映し出される。

やがて玄関の電気が画面に漏れ、加賀宮の帰宅を知る。僕は両手を握り、ユースケがうまくやることを祈った。

「メルー、モカー」

いつも玄関までやってくるはずのペットがこないことを、不審に思ったのだろう。加賀宮はペットの名を呼び続けた。そして緑色の画面に、ゆっくりと彼が入ってくる。彼はおそるおそるあたりを見回したが、背後にユースケがいることには気づいていない。

リビングの電気をつけるなり、ユースケが「加賀宮」と声をかけた。振り向いた加賀宮の顔にユースケが素早く催涙スプレーを吹きかける。絶叫する彼の顔はオレンジに染まり、うわぁ、あぁと苦しそうな唸り声がイヤホンから漏れた。

「これどれくらいで治るんでしたっけ」

ユースケは面倒くさそうにそう言った。

「完治するまでは半日」

事前に自分で確かめたから間違いない。疲労や精神的ダメージまで含めると、このシミュレーションで僕は一日を無駄にした。

「でも数分で会話ができる状態になるはずだ。それまで待て」

加賀宮は顔を押さえてうずくまりながら、「お前は、誰な、んだ」と絞り出すように言った。

「助けてほしいっすか？」

「頼む、頼むよ」

「なら、手を後ろに組んで」

それからユースケは「俺はスタンガンとナイフを持ってる。反抗的な態度をとったら容赦しないよ」と迫った。加賀宮は素直に応じ、ユースケがその腕に手錠をかける。そしてソファまで誘導し、足にも手錠をかけた。加賀宮はすっかり戦意喪失している。

「面倒なやりかたっすね、スタンガンで気絶させちゃえば一発だったんじゃ」

ユースケが吐き捨てるように言う。

「何度も言っただろ。スタンガンは実際には気絶しないんだって」

加賀宮が「熱い、熱い」と身体《からだ》をくねらせるので、「顔を拭《ふ》いてやれ」とユースケに指示をした。この状態では加賀宮は疲弊するばかりで先に進まない。それに催涙スプレーは効果を長引かせるより、その後の脅しとして使う方が有効だ。

ユースケはあらかじめ用意していたバケツの水を彼の顔にかけ、タオルで拭いた。

このタイミングでタクシーは加賀宮のマンションに到着した。代金は三千円程度だったが五千円札を渡し、「お釣りはいりません」と笑顔で言う。運転手は「ありがとうございます」とそれを受け取った。特に訝《いぶか》しむ様子はない。これくらい好印象で終わっておけば問題ないだろう。

車を降りて去ったのを確認し、近くに駐車してあるユースケの車に乗り換えた。助手席に座って改めてPCをセッティングし、様子を窺《うかが》う。

五分ほどして、加賀宮はだんだんと冷静になった。

「俺を誘拐して親父《おやじ》から金を取る気か」

痛みに耐えながら加賀宮が尋ねる。

「ばかなの？　だったらあんたんちでなんかやらないよ。すぐばれちゃうじゃん。それに身代金《みのしろきん》目当ての誘拐って成功率低いし」

そう言ってユースケは笑った。

「じゃあ、何が、目的で」

催涙スプレーのオレンジが顔にまだ残っている。

「あのさー。パワハラされたのって、嘘《うそ》だよね？」

加賀宮の瞼《まぶた》がぱっと開く。

「ねぇ、本当？　それとも嘘？」

「本当だよ」

「嘘だよね」

押し黙る加賀宮にユースケは苛立《いらだ》ち、「嘘ですよね！」とテーブルを蹴飛《けと》ばした。

「あんたが映像を加工してチクったことは想像ついてるんだよ。加工前のもの、どっかにあるんだろ」

「金平か」

「何が」

「金平が仕組んだのか」

「誰だよ、それ」

今度はテーブルではなく加賀宮の太ももを蹴飛ばした。うっという声が漏れる。

「答えてよ。加工したんでしょ」

「加工なんかしてない、あれは本物だ」

「先輩」

コードネームとして、ユースケは僕のことを「先輩」と呼んだ。

「なんだ」

「もう、やっちゃっていいっすか?」

ユースケがそう言ってポケットから取り出したのは、スタンガンだった。スイッチを入れると青白い光がジリジリッと音を立てる。その光と音に反応した加賀宮は、ダンゴムシが丸くなるみたいに身を硬くした。

「あんまり焦《あせ》るな。もう少し脅してからにしろ」

ユースケは舌打ちをし、スタンガンを相手の脇腹《わきばら》に押し当てて「本当に、本物なんですか」と聞く。

加賀宮はスタンガンから少しでも離れようと身をよじらせた。しかしうまくいかず、ソファに倒れる。

「逃げても無駄なの、わかるよね」

四《よ》つん這《ば》いになってソファにうずくまる加賀宮に、ユースケは再びスタンガンを当てる。

「やめてくれ」

加賀宮の声は震えていた。

「これも痛いよ? いいの?」

「お願いです、やめてください」

「じゃあ本当のこと言って」

「言ってるよ。嘘じゃないって。あれが本物なんだよ」

ユースケはスタンガンをもう一度スパークさせた。

「しょうがないな」

そう言ってユースケは加賀宮から離れ、水槽の方へ歩いていく。加賀宮は顔を上げ、視線で彼の動きを追いかける。その顔は引きつり、モニター越しにも汗でぐっしょりと濡《ぬ》れているのがわかった。

ユースケは水槽にスタンガンの先端を突っ込み、「どうなるのかな」と冷たい声で言った。熱帯魚たちはそれが何か知らず、じゃれるように水面に集まってくる。

「やめてくれ。お願いだから」

汗に濡れた加賀宮の前髪はくたびれ、弱々しく額に張り付いていた。

「じゃあ、言う？」

「言えないんだよ」

「どうして」

「それは」

「口止めでもされてるわけ？」

加賀宮はしばらく黙ったあと、小さく頷《うなず》いた。

「で、この状況でも言わないの？」

「勘弁してくれよ」

「先輩、やってもいいっすか」

ユースケが急《せ》かすように僕に聞く。

「先輩、もしもし。止めないならカウントダウンしますよ。5」

以前見た熱帯魚の群れが頭に浮かぶ。鮮やかな尾ひれをそれぞれが自由に水中でなびかせる、愛らしい姿。

「4」

無数の魚の眼が僕を見る。

「3」

その眼が突如として肥大化し、破裂しそうなほど膨らんだ。

「2」

おそろしかった。あの日、いくらか僕を癒《いや》した魚たちが、血走った眼を向け、暴力的に睨《にら》みつける。想像の光景にしては、あまりにもリアルだった。

「1」

「待て」

僕がそう言おうとした寸前、加賀宮が「そうだよ、偽物《にせもの》だよ！」と叫んだ。

「あれは俺が作った！　斉藤を追いやるためにな！」

眼はいつの間にか失《う》せ、うなだれる加賀宮と向き直るユースケが視界に入る。

34

ハラスメント

「そんなに大事なんだね、こいつらが」

ユースケはスタンガンを抜き、加賀宮に近寄ってしゃがんだ。

「人のことは陥《おとしい》れるのに魚に優しいなんて。変なの」

濡れたスタンガンを加賀宮の着ているシャツで拭くと、彼はまた身体をくねらせた。

「どうしてそんなことしたの？」

「覚えてない」

「いやいや、忘れるわけないっしょ」

ユースケが「壊れてないかなぁ」と、スタンガンのスイッチを押す。

「大丈夫そうだ」

独り言のようにユースケが呟《つぶや》く。加賀宮は顔を歪め、諦めたように「嫌いだったんだよ、いちいちうるさくて、細かくて、上から目線で」と話した。

「それだけで、わざわざそんな手の込んだ偽装したわけ？」

「お前にはわからない」

ユースケは加賀宮の膝《ひざ》にまたがり、首を摑《つか》んで「わからないよ？」と顔を近づけた。

ひゅーひゅーという呼吸音がイヤホンから聞こえる。

「加賀宮智寛の三男なんだ、俺は」

ユースケが大げさにため息をつく。

「それがなんなの」

「俺に上から目線で命令していいのは加賀宮智寛だけだ。同僚も上司も兄貴も母親も、許さない」

熱帯魚のエアーポンプは彼らの剣幕に寄り添うことなく、室内にリズミカルなノイズを響かせていた。

「父親以外に命令されるのがむかつくから、パワハラの罪をなすりつけたってことかな？」

「そんな簡単じゃない」

加賀宮は歯を食いしばり、大げさに首を振った。

「そりゃ、俺は道楽者だったよ。だけどそんな自分にちゃんと嫌気がさしていた。変わりたいと思ってた。ＡＩＤＡに来れば家族の劣等感から解放される。たとえ親父が近くにいても、ＡＩＤＡにいれば過干渉されることもない。俺は自由になって、今までの失敗は忘れて、新たに社会人として生きていく。そう思ってたんだ。なのにＤＤＬに出向になってあいつが」

彼が劣等感を抱えるほどの落ちこぼれであり問題児であったことは、容易に想像できる。

かつて読んだ加賀宮智寛に関する書籍によれば、妻はアメリカ留学中に出会った日系アメリカ人で、大学で経済学を学んでいたという。その知識は事業拡大に一役買ったらしく、天才を陰で支えた良妻として評価されている。そして生まれた長男は官僚になり、次男は「ラジータ」の副社長を任されるまでになった。

華々しいエピソードが満載の書籍だったが、三男について語られることは少なかった。子供たちを夫婦でどう教育したかというくだりも、長男と次男のことばかりで、三男の記述はごくわずかだった。

「ＤＤＬでも構わなかった。そこだって自分の居場所にできたはずだった。でも斉藤が俺に向けた目は、あいつらと同じだった」

「へぇ」

ユースケはゴム手袋を引っ張りながら興味なさそうに相槌《あいづち》を打った。

「どんなやつも俺には言葉を選ぶ。でもあいつは、『あなたの面倒は私が見るから、ちゃんと言うことを聞いて』とか『このままだといつまでも問題児のままだよ』とか、親のような言い方で俺を責めた。やっとできた居場所で、その屈辱にずっと耐えてろというのか！」

加賀宮は身体でユースケを振り払い、手錠で繋《つな》がれた状態にもかかわらず立ち上がった。

「お前にはわからない、俺の屈辱が」

「知らねぇよ」

どうにかバランスを取ろうとする加賀宮をユースケは立ち上がって軽く前蹴りし、再びソファに倒した。

「知らねぇっつうの」

そう言って今度は顔を蹴り飛ばした。

「ユースケ、やめろ。脅すだけにしとけ」

ユースケはだらしなく「はーい」と返事をした。

「で？　その動画の編集前のはどこにあるわけ？　書斎にあるＰＣ？」

それまで饒舌《じょうぜつ》だった加賀宮はまた口を閉ざした。

「とっとと言えよ。いちいち脅すのめんどくせぇんだよ」

「スマホに」

「あ？」

「スマホの中にある。ポケットから出してくれ」

ユースケはうっとうしそうに加賀宮を立たせ、後ろから彼のポケットに手を入れた。

「どこだよ」

「もっと奥だ」

「ユースケ、あぶない」

そう警告した瞬間、ユースケの身体が下がった。加賀宮は素早く振り向き、脇でユースケの頭を押さえた。ヘッドロックの状態になったユースケはもがきながらその腕を外そうとしたが、体格差のある加賀宮には敵わなかった。

焦りはするものの、努めて冷静に「ユースケ、スタンガンに手は届くか」と声をかける。するとユースケは加賀宮の腕を外そうとしていた手をポケットに移動させた。スタンガンを取り出すことに成功したユースケは、それを強く加賀宮に押し当てた。

直後、ぐはぁっという声が響く。加賀宮はユースケの頭を離し、跳ね上がってソファに崩れ落ちた。ユースケの荒い呼吸が、遠くの犬の鳴き声に混じる。

「何してんだよ、くそ」

ユースケは放心している加賀宮の顔を二発殴った。加賀宮は抵抗できず、口からよだれを垂らしたが、すぐにユースケを睨みつける。

「確かに気絶しないっすね」

加賀宮の髪は乱れていた。ユースケが彼のポケットからスマホを取り出し、「本当にここにあるのか？」と尋ねると、彼は力なく頷いた。

無理やりスマホのロックを解除させる。そして加賀宮は弱々しい声で操作法を指示した。

編集前の動画はクラウドではなく、特殊なアプリの中にあった。それは指紋認証ではなく複雑なパスワードでロックされていたが、ユースケはスタンガンを使って無理やり解除させた。動画にたどり着くと加賀宮のスマホをテーブルに置き、再生した動画を自分のスマホで撮影した。下手に送信するとそこから足がつくかもしれないからこうしようと、あらかじめ打ち合わせていた。

かすかに人の声がするがイヤホンではっきり聞こえない。ユースケは撮影しながらスマホ越しに動画を見ている。加賀宮は時折むせながらソファの端で小さくなっていた。

動画が終わると、ユースケは自分のスマホをポケットにしまった。そしてその場に立ち尽くした。ユースケ、と声をかけたが反応はなかった。お面のせいで表情も読み取れない。加賀宮は先ほどよりも怯《おび》え、震えていた。

しばらくその状態が続いた。ようやく動き出したユースケは加賀宮のスマホを掴み、当然のように熱帯魚の水槽に落とした。加賀宮が「あっ」と声を漏らしたのもつかの間、ユースケは躊躇《ためら》うことなく水面にスタンガンをつけ、スイッチを押した。水中で電流が発光する様は、雲のなかで光る雷のようだった。数秒後、魚たちが腹を見せて浮かんでくる。ユースケはもうひとつの水槽でも同じようにした。

加賀宮の虚《むな》しい叫びを気に留めることなく、ユースケはリビングを後にした。彼はどのモニターにも映らなくなった。再び「ユースケ」と呼びかけるも返事はない。

するとリビングに四匹の犬と猫が駆け入ってきて、加賀宮に飛びついた。

一匹足りないのは僕に懐《なつ》いたジャックラッセルテリアだった。戻ってきたユースケがその犬を抱えていて、太 もものあたりにスタンガンを当てていた。それを見た加賀宮は今にも泣き出しそうで、「頼む、お願いだ、やめてくれ」と懇願した。

ユースケがスイッチに指をかける。ジャックラッセルテリアのか弱い鳴き声が耳に届いた。

「お願いだ、やめてくれ」

加賀宮にかろうじて残っていた力強さはもはやどこにもなく、彼は情けない声で何度も「やめてくれ」と繰り返した。しかし加賀宮が必死になればなるほど、この脅しが効果的だと証明してしまう。ユースケはテリアを抱え直し、スタンガンを毛の薄い腹部にぐっと当てた。

僕も耐えきれず、「やめろ。やめるんだ」と指示をした。ユースケが反応し、くっと顔を上げた。

「もういい、もういいから。その犬から手を離せ」

説き聞かせるよう、ゆっくりと言う。

ユースケはじっとしたまま、動かない。

「ユースケ。犬は関係ない。悪いのは加賀宮だ」

それを聞いて、ユースケはそっと犬を下ろした。するとジャックラッセルテリアはもう一度抱えてほしそうにユースケの足元で跳びはねた。加賀宮が慌《あわ》てて犬の名を口にし、自分のところへ呼び寄せる。

それからユースケは食器棚へと向かい、グラスをひとつ手に取った。高価なクリスタルのグラスだった。それで加賀宮を殴るのかと思いきや、先ほどスタンガンをつけた水槽の表面を掬《すく》い、まるでウィスキーでも嗅《か》ぐかのように鼻に近づけた。「くさ」と呟いたあと、グラスを加賀宮に差し出した。中には数匹の熱帯魚が浮かんでいる。

「飲め」

加賀宮は目を大きく開き、口を真一文字に結んだ。

「飲めよ、好きなんだろ」

「無理です、そんなことできません」

加賀宮はもう、僕の知っている加賀宮ではなかった。

「なんでもするから、今日のことも誰にも言わないですから。だから許してください、助けてください」

「じゃあ、誰か言えよ」

ユースケの声は先ほどよりも掠《かす》れていた。

「さっきお前、誰かに口止めされてるって言ったよな」

加賀宮は「それは」と俯き、黙り込んだ。

「誰だ。誰に口止めされた」

「それは、言えない」

またも犬や猫の鳴き声だけが室内に響いた。

ユースケは「ロックにするか」と言って加賀宮に馬乗りになり、グラスを顔に近づけた。しかし加賀宮がうっと口を膨らましたので、素早く離れた。ソファに加賀宮の嘔吐物《おうとぶつ》が散らばる。

「汚いな」

ユースケはそう言って容赦なくまたグラスを近づけた。加賀宮は顔を背け、「や」と言った。

「や？」

「やちぐさ」

加賀宮は小さな声でそう言った。

どこかでその名前を予想していた。しかし一方でそうではないことも願っていた。

「なんでそいつは」

「知らねぇ、知らねぇよ！」

加賀宮の目は血走り、肌は青白く、口元は汚れていた。もう限界らしかった。それでもどうにか力を振り絞り、彼は声を張り上げた。

「俺が斉藤にいらついてるのを知った八千草さんが、こんな風に動画を撮って編集してパワハラだって訴えれば、あいつをやっつけられるよって」

「それで実行したのかよ」

「それだけじゃない。八千草さんは『もし実行したらＡＩＤＡに戻してやる』って俺に言ったんだよ。斉藤のせいで俺はＤＤＬでは浮きまくってたし、仕事もつまんなくて、戻りたかったから、だから」

「八千草の目的はなんだったの」

「そんなの知るかよ！」

加賀宮が身体をよじって、暴れる。ユースケが一発殴るとおとなしくなったが、彼はその口にグラスの水を強引に注いだ。加賀宮がまた嘔吐する。

「そいつの目的はなんだったのって聞いてるの」

加賀宮の視線は定まらず、もはや何も見えていないようだった。

「本当に、知らないんだ。ただ、あのときＤＤＬの役員だった人間がひとり辞めて、新たに誰かを役員にするって話があった。噂《うわさ》だけれど候補は八千草さんと斉藤だった。そんなときに俺がパワハラ騒ぎを起こした。八千草の本当の狙《ねら》いは、役員の座だったのかもしれない」

「そんなくだらないことで？」

ユースケがいきなり水槽にグラスを投げつけると、どちらも割れ、床に水とガラスの破片と熱帯魚が散らばった。

「先輩、もういいっすか。聞きたいことあれば、まだやりますけど」

「いや、大丈夫だ。下りてこい」

ユースケは加賀宮の手錠の鍵《かぎ》を、もうひとつの水槽に落とした。そして全《すべ》てのカメラを回収していく。モニターが切れる直前、猫が散らばった熱帯魚を食べているのが見えた。

車でユースケが下りてくるのを待つ。

――別れたばかりだった。私がいてあげられればよかった。後悔してもしきれないよ。

八千草はエクリチュールでそう言った。真剣な表情を浮かべて。同情の眼差《まなざ》しとともに。

全てを仕組んでおいてなお、人はあんな風でいられるのだろうか。

窓は冷たく、息を吹きかけるとあっという間に白く曇った。

エントランスからユースケが出てくる。荷物を後部座席にのせると、運転席に乗り込み、すぐにアクセルを踏んだ。その間、彼は何も言わなかった。

「美津子の動画、見せてくれ」

そう言うと、ユースケはスマホのロックを外して投げ渡した。

再生ボタンを押す。

「斉藤さん、前々から言いたかったんすけど、指導が悪いっすよ。きっと育てた親がろくでもないんでしょうね。だから子供産まないの正解っすよ。子供がかわいそうですもん。俺の親父はすごい人でよかったっす」

「あんたみたいな役立たずを生んだ親だってかわいそうよ。ほんと、最低」

音声ははっきりと聞き取れた。

ハラスメントを仕掛けたのは加賀宮の方だった。彼の挑発に美津子は思わず反応してしまったのだろう。

しかし、これくらいの挑発なら無視できたのではないだろうか。忍耐強い美津子を思えば、手を上げるほどの罵倒《ばとう》ではない気もする。考えられるとしたら、美津子はこれ以前から相当追い込まれていたか。なんにせよ、他に何かあったに違いない。

ユースケを見る。彼は、お面をつけたまま運転していた。

「それ、取らないのか」

「大丈夫っす、顔がちょっと寒いんで」

対向車のヘッドライトが車内を照らす。お面の隙間《すきま》から、ユースケの瞳《ひとみ》が反射した。

僕は彼から視線を外した。

35
排水口

スマホ版ゴーストタウンの制作は順調に進み、タウンメーカーのプロトタイプは予定よりも一ヶ月早く完成した。そのシミュレーションのため、チーム全員が会議室に集まる。

制作の代表者が説明しながら、スマホとタウンメーカーを操作していく。「では、いきます」と彼が言うと、空間に映像が映し出された。それは僕の姿をした高さ二十センチほどのキャラクターだった。少し前に松村に写真を撮らせてくれと頼まれたことがあったが、どうやらこれに使うためだったらしい。おぉ、と各所から感嘆の声が漏れる。

制作者が操作すると、キャラクターのサイズが変わったり、回転したりし、次に「金平光太です」と声を発した。声は僕のものではなく、音声合成ソフトによるものだ。

「金平さん、どうですか」

プログラミングチームのリーダーがそう尋ねたので「もう少しかっこよくしてほしいですね」と冗談を言う。数人が笑った。

クオリティは思いのほか高かった。ユーザーの写真を読み込んでキャラクター化するシステムも、画質処理に改善の余地はあるものの、ほとんど完成しているといってよかった。

「現時点では上出来だと思います。動きもスムーズですし、映像も見やすいですね。3Dトーキングよりも小さくて、使い勝手もよさそうです。ただ、どちらかというとキャラクターの造形がリアルすぎるというか、もう少しゲームと馴染《なじ》むようにしたいですね。あと、声が違うのは気になるな。あらかじめ五十音を録音したら自動で言葉を合成したりできますかね」

「技術はすでにあるので可能だと思います。だとしたら、声だけ録音するんじゃなくて、顔も一緒に撮影するのはどうでしょう。それだけデータがあれば、よりリアルに表情を動かせます」

「いいですね。ただ、五十音を言いながら動画を撮るのは面白みに欠けます。そこにもゲーム性を持たせましょう。いくつかモードを用意して」

するとＡＩＤＡの社員から、ゴーストタウン専用のガジェットにするのはもったいないという意見が出た。

「アバターまで作るんなら、他のゲームでも使えるようにした方がいいと思います。タウンメーカーをゴーストタウンだけに限るなんてもったいない」

チーム全員が僕を見る。ゴーストタウンの生みの親がどう思うのか気になるのだろう。

「そうしましょう」

僕がすんなり返事をしたのが意外だったのか、誰も言葉を挟めずにいた。

「であれば――」

そして僕は密《ひそ》かに抱いていた案を口にした。

「タウンメーカーに、ゲーム以外の機能も搭載しましょう。3Ｄビデオ電話ができたり、3Ｄプロジェクターとして機能させたり。この革新的な技術があればもっといろいろできるはずです。3Ｄトーキングは一般家庭には普及していないけれど、タウンメーカーにはその可能性がある。成功すれば社会のあり方をも変えてしまう」

数人が頷いたのが視界に入った。

広報のひとりが「でもいいんですか？　そうなると、新ガジェットが話題の中心になってしまって、スマホ版ゴーストタウンの印象は薄くなると思いますけど。当初の目的だった抗議文に対するカウンターという面でも弱くなります」と言った。

「ですね。なので最初に発表するソフトはゴーストタウンのみでいかせてください。他のソフトを出すのはそれから。ただ３Ｄビデオ電話や３Ｄプロジェクター機能は先に公表しましょう。そうすればゲームを利用しない層も興味を持ちますし、災害時にも役立つと謳《うた》うこともできます。ゴーストタウンが社会貢献に繋がれば、カウンターは成功します」

そう話すと別の広報担当者が「じゃあ、名前も変えないと整合性が取れなくないか」と口にした。

「『タウンメーカー』という名前は変えません」

それまでとは違って強い口調で答える。

「この『タウン』はゴーストタウンのタウンではない。私たちが暮らす街そのものを指します。新たな街を作るタウンメーカー。そう打ち出しましょう」

自然に拍手が起こる。しかし僕はそれを制し、「ようやくゴールが見えてきましたね」とチーム全員に微笑《ほほえ》んだ。

「この感じだと、月末にはプレスリリースを出せると思います。なるべく早く完成させ、商品発売まで駆け抜けましょう。八千草さん、最後に何かありますか」

「いや、特にない。引き続き頑張ってくれ」

「では次回の全体ミーティングは、再来週の月曜日、十時からお願いします。広報はそれまでにプレスリリースの大枠を作ってきてください。その項目をひとつずつチェックしていきますので」

会議を終え、自分のデスクに戻る。椅子《いす》にもたれながら、ぼんやりと宙を眺めていると、松村が「どうかしたんですか」と声をかけてきた。

「ここのところ、ずっとぼーっとしてる感じに見えますよ。正月ぼけ、まだ治ってないんじゃないですか。今私、漢方にはまってるんですけど、これホントおすすめです。ちょっと飲んでみてください」

松村が水筒に入った液体をカップに注ぎ、渡してくる。

「頭すっきりするんで。本当ですよ」

「やばいもんとか入れてないだろうな」

「正真正銘の漢方です」

口にする前にひどいにおいが鼻をつく。我慢して飲み込むと、感じたことのない苦味が口に広がり思わず吐き出しそうになった。

「衝撃で目が覚めるという意味では、確かに頭がはっきりするな」

「慣れますよ。人間って、だいたいのことには慣れちゃうんですから」

そう話しているとき、スマホが鳴った。ユースケからだった。しかし僕はその電話に出なかった。

「松村、八千草さんのこと、どう思う」

「八千草さんですか？」

彼女は僕が残した漢方を飲み、離れたところにいる八千草を一瞥《いちべつ》した。

「すごい人だと思いますよ。独特の間《ま》がありますよね」

「独特の間？」

「会話のラリーがちょっと遅いんですよ。妙に沈黙するときもあるし。でもその間が存在感に繋がっているというか」

間を取ってから話すのは八千草の癖だ。

「あと、プライベートがわからないというか。仕事が終わるといつもすぐ帰りますしね。結婚してるらしいんですけど、そんなに家庭的にも見えないし」

漢方を飲み切ると、松村は水筒をしまい、デスクにあるのど飴《あめ》を口にした。

「でもやっぱりすごいですよ。仕事もできるし、かと思えばラスコースのときみたいに潔《いさぎよ》く土下座したりするし。責任感が強いっていうか。それに八千草さんっているだけで場が締まるじゃないですか。あそこまで行く人って、やっぱり普通じゃないですよね」

「そう見えるよな」

「ってかなんでそんなこと聞くんですかー？」

「気にしなくていい」

残りの仕事を済ませて、会社を後にした。外に出た途端、冷えた空気がコートをすり抜け、寒さを伝える。歩きながらふぅと吐くと白くなった息が夜に馴染んだ。

「光也さん」

振り返らなくてもその声が誰だかわかった。

「なんで俺を避けるんすか」

そのまま歩き続ける僕にユースケが並ぶ。

「避けていたわけじゃない、仕事が忙しかっただけだ」

「そんなわけないでしょ」

今八千草のことを調べるのは気が進まなかった。ゴーストタウン・プロジェクトの責任者であり、チームからも信頼される彼との関係を崩したくなかった。せめて完成するまではこのままでありたい。

「このまま終わるんすか」

ユースケを見る。少し痩《や》せたようだ。

「何がだ」

「はぐらかさないでくださいよ。ちゃんと八千草に聞いてください。どうしてあんなことしたのか」

交差点の信号で立ち止まるとユースケは正面に回り込み、「お願いしますよ」とポケットからスタンガンを取り出した。それは加賀宮に使ったのと同じものだった。

「脅しているのか」

「今この場で、八千草を呼び出してください」

青信号になったので渡ろうとするが、ユースケは僕の前からどかなかった。彼の顔の端々に、あの日見た狂気と似たものが見え隠れする。

「ここから先は俺ひとりでやる」

はっきりそう言うと、ユースケは僕の襟元を摑んだ。彼の冷たい手が僕の首に触れる。

ユースケを避けた理由は他にもある。あの日の彼を見て危険だと感じた。ユースケは自分をコントロールできないところがあり、何をしでかすかわからない。

僕はユースケを守りたかった。まだ若い彼に過《あやま》った道を進んで欲しくない。そう思うのは美津子に対する贖罪《しょくざい》もあるだろうが、それ以上に僕は彼をひとりの人間として大事に思っていた。

彼はきっとこれから知る、おそらく残酷な真実を、うまく受け止められない。ありのまま伝えるわけにはいかなかった。せめて自分が間に入らなくては。それが美津子と最期《さいご》のときを過ごした自分の責務だと思った。

「わかったら全部伝える。だから待ってろ」

「何言ってんすか」

彼の手は乾燥していて、ささくれが目立った。

「もう運命共同体っすよ、俺ら」

またも運命という言葉が胸の奥を引っ掻《か》く。腰に当たるスタンガンの感触は固かった。

「わかった。ならせめて、もう少し時間をくれ。こっちの都合もあるんだ」

「もうかなり待ちましたよ」

「頼む、あと半年。それまでに全部整理するから」

「芽々さんあれから無事ですか？」

ユースケは淡々とそう言った。

「モニカさんでしたっけ？　電話した方がいいと思いますよ」

「お前、まさか」

慌ててモニカに電話をかける。

「もしもし、こうたさん。わたしもでんわしようか、まよってた。めめさん、きのうからまた、かえってこない」

ユースケが笑いながらスマホの画面を見せる。そこに映っているのは、黒い布にくるまって眠る芽々の姿だった。

「電話は？」

「すまほ、ゆうびんうけに、はいってた。けいさつよびますか」

画面をよく見ようと目を細めると、ユースケがスマホをさっとしまう。

「大丈夫。芽々は無事だから。警察には言わないで」

「だけど」

「本当大丈夫だから」

そう言って電話を切る。

「お前、芽々をどうした」

「光也さんが八千草さんに本当のことを聞いてくれたら解放しますよ」

「ふざけんな！　芽々は関係ない――」

話の途中で、身体《からだ》に電気が走った。加賀宮を攻撃したときのレベルに比べれば電圧はかなり下げられているようだったが、それでも痛みが全身をかき回した。

彼の表情はスイッチを押す前と少しも変わっていなかった。

ユースケはスタンガンを離し、「明日まで待ちます。必ず八千草と会う約束をして連絡ください。じゃなかったら芽々さんがどうなるか。言わなくても分かりますよね？」

ユースケはそう言い残し、横断歩道を渡っていった。彼を追いかけたいが、痛みのせいで足が前にうまく出ず、やがて信号は赤に変わった。

＊

いつもより熱めのシャワーを浴びる。芽々のことが気掛かりで、自分が何をすべきかわからなくなる。腰のあたりを見るとスタンガンの痕《あと》が残っており、思わず目を逸《そ》らす。

僕の人生は目を背けたいものだらけだ。けれどそうしてきたツケが、今こうして迫っている。何も選択をせず、成り行きまかせに生きてきたツケ。

てっきりもう大丈夫だと思っていた自分に腹が立つ。ユースケならやりかねないとわかっていたはずなのに。手当たり次第探している余裕はない。彼はきっとこちらの動きを把握しているし、ユースケが芽々を人質にとっている以上、下手に刺激しない方がいい。ここは彼に従うより他はない。最優先すべきは、芽々の安全だ。

シャワーの音が多少なりとも乱雑な思考に調和する。許されるなら、いつまでもこうしていたかった。

鏡を見る。金色の髪は濡《ぬ》れて、顔に張り付いていた。

美津子が亡《な》くなってすぐ、髪を金色にした。とにかく自分から色素を抜きたいという衝動に襲われた。黒々とした髪は生命力の表れで、それが美津子との隔たりを象徴しているように思えてしかたなかった。

排水口を眺める。抜けた金色の髪と身体の黒い毛が複雑に絡《から》まり、対照的な二色はまとまって、ひとつの物体として成立していた。どちらの毛も自分であり、そして生きている証拠。

目を背けても、隔たりは決してなくならない。僕と芽々はこちら側にいて、美津子はあちら側にいる。やるべきは、決着をつけること。

バスルームから出て、スマホでメッセージを送った。返事はすぐにあった。

「明日の夜、大丈夫だよ。楽しみにしている」

戻って排水口の物体をつまみ、ゴミ箱に投げ捨てる。

＊

約束の午後十時より三十分ほど前にブルーレインに到着した。水曜日は本来定休日なので客はいなかった。カウンターには店員に扮《ふん》したユースケが立っていた。店の前にはまたも彼の車があった。目が合うと彼はそれらしく会釈《えしやく》をする。

カウンターに座ると、「ありがとうございます」とユースケが言った。

「ちゃんと聞き出すから、ユースケは黙って見てろ。何があっても絶対に話に入るなよ」

「わかってますって」

八千草は予定より十分ほど遅れてやってきた。僕の手もとにグラスがないのを見るなり「すまない、少し遅れてしまったね。先に飲んでてくれてよかったのに」と言った。彼が首に巻いていたネイビーのマフラーは、暗い室内だと限りなく黒に近かった。

「いえ、そんなに待ってませんよ」

気温差でメガネが曇ったのか、八千草はクロスで丁寧にレンズを拭《ふ》き、そしてフレームも拭いた。ユースケが「お召しものをお預かりします」と八千草に話しかけると、彼は「ありがとう」と言ってコートを脱ぎ、それから「あっちの席に移ってもいいかな」とカウンターから離れた四人用のテーブル席を指差した。

カウンターに座ったのはユースケに話を聞かせるためだったが、店員がそれを断るわけにもいかない。彼は「もちろんです。ご注文が決まりましたら、お呼びください」と言ってカウンターの奥へと戻っていった。

「男二人でカウンターってのもむさ苦しいだろう。広々としたテーブルでゆったりしよう」

「ええ。そうですね」

僕は愛想よく頷《うなず》いた。

お互い注文したマルガリータにはライムが添えられており、八千草は口をつける前に搾《しぼ》った。僕はそうはせず、乾杯をした。

「タウンメーカー、このままいけば夏までには発売できそうです」

「そうか。すでにいろんな人間に言われているだろうが、君はよくやってくれてるよ」

八千草の黒髪に混じる白髪が昨日見た排水口を思い出させた。

ユースケの視線を感じる。けれどまだ核心に触れる気にはならなかった。

「で、私を呼んだわけは？　美津子のことかい？」

ラスコースのときもエクリチュールのときも、八千草はすぐに本題に入りたがった。彼は余計な会話や社交辞令を無駄だと思っている節がある。

「ええ、まぁ」

彼を前にすると吸収されてしまいそうな、飲み込まれてしまいそうな気分になり、尻込《しりご》みする。大きく息を吸い、僕はマルガリータで口を湿らせ、八千草を見た。

「言いにくいことがあっても気にしなくていい。私と君は単純な上下関係の中にはない。私は君の、君は私の過去を知っている。我々には特別な共通点があり、だからこそ困難を乗り越え、共にここまでやってこられた」

彼の顔は穏やかだった。僕は覚悟を決め、「今日お呼び立てしたのは、以前伺ったパワハラの件です」とはっきりと言った。

「彼女が誰にパワハラをしていたのか、知ってしまいました。その上で、それが全て捏造《ねつぞう》であることも」

「そうかい」

彼は否定するそぶりを見せなかった。

「君が私に近づく姿が、ずっと何かに似ていると思ってたんだ。それが今わかったよ。あれだ、『罪と罰』の予審判事。えっと、なんて言ったかな……そうだ、ポルフィーリー」

うっすらと聞こえるジャズのＢＧＭは、僕らの間に漂う空気とはまるで合っていなかった。

「だとすれば私はラスコーリニコフになるね。彼の言葉を思い出すよ。『それにしても、あいつら、なんだってこうもおれを愛するんだ、おれにそんな値うちなんてないのに！　そう、もしおれがひとりきりで、だれもおれを愛してくれなかったら、そして、このおれもだれひとり愛することがなかったら！　こういうことは何ひとつ起こらなかったろうに！』」

彼はいきなり両手を広げ、大胆なポーズでそう言った。そのあと「くっ」と声を漏らして笑った。

「失礼」

「つまり自分は愛されただけだ、ってことですか」

彼の態度は、それまで気圧《けお》されていた僕の神経を一気に逆撫《さかな》でした。

「それは君もだがね」

八千草はマルガリータを飲み干し、「オススメのウィスキーをストレートでもらえるかな。できればスモーキーなのがいいんだが」とユースケに注文した。それから僕に向き直り、「私をどんな風に責めても、それは全て君に返ってきてしまうのではないか」と言った。

「じゃあ、あなたが全て仕組んでやったと認めるんですね」

「そう言ったらどうする。私を殺すのか」

「どうもしません。ただ、知りたいだけです。あなたと美津子さんの間に何があったのかを」

「なぜそうもこだわる？　君はまだ、彼女を愛しているのか」

不意に思う。僕はまだ美津子を愛しているのだろうか。そもそも愛していたのだろうか。美津子と過ごしたあのごくわずかな時間を、軽率に愛などと呼んでいいのだろうか。

しかし僕は確かに、彼女を求めている。まだまだ彼女が必要だった。その思いは疑いようがない。

いや、本当にそうか？　そう思い込もうとしているだけではないのか？　僕は美津子を求めていた？　求めていたのではなく、利用し、紛らわしていただけなのではないか。就活での劣等感を。家族の不運を。ホストクラブで騒いだあとの寂しさを。

今となってはわからない。記憶も遠い。実は彼女は存在していなかったのではと思うことさえある。

まだ引っ越し立ての頃は、黒ずんだ床のシミが彼女の生きた証拠を僕に訴えていた。シミだけでなく、君主論や彼女にもらった全てが、過去の存在を主張していた。しかし今ではもう、シミは壁の傷と何も変わらない。彼女の存在は、僕の中からゆっくりと溶け出していた。

「静かになるのは、否定も肯定もできないときだね。そんな君の気持ちが、私にはよくわかるよ」

八千草はそう言って自分の手を僕の手に重ねた。乾燥して分厚い手は美津子とは似ても似つかないのに、忘れていた彼女の感触を思い出させ、溶け出した時間がゆっくりと身体に戻ってくる。

36　ポール・ワイスの思考実験

「人も、人生も、もっと複雑なんだよ、金平」

八千草は握っていた手を離し、憐《あわ》れむように僕を見た。

「君は私が、昇進に目が眩《くら》んで美津子と別れ、彼女を陥穽《かんせい》したと思っているのだろう。それが全て誤解だとは言わない。事実、これらの出来事で私は出世した。彼女を陥《おとしい》れたのは、当時彼女が役員の対立候補だったからだ。だからあんなことをした。これで満足かい？」

そう言って彼はシャツのポケットからタバコを取り出し、火をつけた。

「信じられません。それだけのために、あそこまでするなんて」

吐いたタバコの煙が、青い光に照らされる。

「じゃあ、彼女の方が先に私を裏切ったのだとしたら？」

ユースケの身体がぴくりと動いたのが、視界に入る。

「付き合っていたときにね、彼女は私以外の男と寝たんだ。こう言うと私が嫉妬《しっと》に駆られて行動したということになるだろう」

八千草が耳を引っ張る。

「でも正直なところ、よくわからないんだ。私は彼女の不義を知り、激昂《げっこう》した。その一方でね、とても楽になったんだ。何かがすとんと腑《ふ》に落ちたんだよ。美津子との不貞をこれで終わらせられると感じたのかもしれないし、昇進への道が見えたと感じたのかもしれない。妻に対して罪悪感があったのかもしれない。いろんなことが、かもしれないんだよ。でも私は間違いなく彼女を愛していた。これだけはかもしれなくないんだ。まどろっこしいがね」

「信じられません」

「心の変遷《へんせん》を簡略化した言葉は、陳腐なだけだ。この数十秒で君は私に寄り添おうとしたか？　君は誰の苦しみだってわからないし、想像しきれない。いや、誰にだってできないんだ」

「でも美津子さんは、死んだんですよ」

「あぁ、残念な限りだ」

遠くを見る八千草の瞳に憐れみは感じられなかった。

「これで気が済んだか」

八千草はタバコを灰皿に押し付け、再び僕の手を握った。

「美津子の死を無駄にしない方法はひとつ」

彼の口からほろ苦い香りが漂う。

「我々が幸せになることだ」

彼の言う幸せの意味がわからなかった。そもそも幸せとはどういった状態にあることなのかもピンとこなかった。

「君と僕が出会うために美津子がいてくれたのだとしたら。我々は『幸福になるために導き合う運命』だったんだよ。そう思えば、君はまだまだ人生を肯定できる」

彼は僕の手を握ったまま立ち上がった。

「君はお父様を亡くしているだろう」

八千草を見上げる。煙で霞《かす》む彼は、なぜか別人のように思えた。

「君が最終面接に来たときからお父様のことは知っていた。当時の身辺調査はいきすぎていたからね」

父は地元のリサイクル工場に勤めていた。真面目《まじめ》で寡黙《かもく》な人だったと当時を知る人たちは言うが、家では野球を見ながら野次を飛ばし、ドラマの熱いシーンですぐに泣く、感情表現が豊かな明るい父親だった。母とも仲がよく、両親がジョークを言い合う姿は今でも覚えている。僕が中学一年生だった夏休み、商店街の福引で偶然当たったグアム旅行に家族三人で行った。全員、初めての海外旅行だった。

芽々はそのグアムでできた。誕生日から逆算して、間違いない。生まれたばかりの芽々はとても可愛《かわい》かった。「どうして芽々って名前にしたの?」と父に尋ねると、「この子は家族の希望の芽だ。でもな光太、草木の芽は、光がなければ大きくならない。だからお前がこの子をまっすぐ照らしてやるんだぞ」と僕に言った。中学生の僕にはその直接的な言葉選びが照れくさくて気持ち悪かったが、父はそんなことが平気で言える人だった。

しかし芽々が生まれた二ヶ月後、父は工場の破砕機に巻き込まれて死んだ。どのようにして巻き込まれたのかはわからない。誰も見ていなかったそうだ。気づけば父の姿はなく、まさかと思った職員がベルトコンベアーを止めて細かくなった廃材を確認したところ、父がかぶっていたヘルメットや遺体の一部と思われるものが見つかったという。

のちにポール・ワイスの思考実験を知ったとき、真っ先に父のことを思い浮かべた。ポール・ワイスの思考実験とは、仮にひよこをミキサーに入れて粉砕、均一化した場合、失われたものは何かという問いを言う。実験の前後で、物質的には何も失われていない。ワイスはこの実験において失われたものは生物学的組織、そしてそれに準ずる生物学的機能だと定義づける。

すり潰《つぶ》された父の命を生物学的機能と呼ぶのは正しいのだろうか。ならばすり潰された父から奪われた生物学的組織は、一体どこに行ってしまったのだろうか。

父が死んでからハンバーグが食べられなくなった。どうしても、粉砕されたひよこと父がぐるぐると攪拌《かくはん》されるイメージが浮かんでしまう。

「今でも思うんだろう。父親が生きていればって。けれどこうも思っているはずだ。父親が生きていれば僕の人生は悪い方に変わっていたかもしれないと」

労災保険と業務上過失致死の賠償金が多額に振り込まれたことで、僕らはおかしなことに父が生きていたときよりも潤《うるお》った。

母の勧めもあって、そのお金で進学塾に通った。「いい会社に入るための先行投資よ」と母は言った。僕も反対しなかった。就職に有利な学歴を得て、父の代わりに家族を支えると誓った。それほど、「この子をまっすぐ照らしてやるんだぞ」という父の言葉に強く影響された。

しかしうまくはいかなかった。少しでも学費を抑えるために国公立を志望したが、全て不合格となり、高校も大学も中流の私立へと進学した。母が退職したこともあり、父が遺《のこ》してくれたお金は大学在学中にはかなり少なくなっていたが、僕はまだ諦《あきら》めなかった。最後に一流企業に就職すればいい。そう思って高望みするも裏目に出て失敗。就職留年を選び、苦肉の策でホストになった。

父の死を、母の先行投資を、僕は無駄にしてしまった。そういう引け目が、ずっと頭の片隅にある。

あれから結果的にＡＩＤＡに就職し、今はＤＤＬに出向している。それでも自分を許すことができていない。

僕はいつも他力本願だ。父が死んだから塾にも私立の高校にも通えた。大学に行く選択肢をもてた。ＡＩＤＡに入れたのは美津子のおかげ。彼女に出会うきっかけとなったホストは雫のおかげ。

父がいれば。そう思わずにはいられなかった。きっと生活に余裕はなく、僕は高卒で工場かどこかに勤めていただろう。それでも家族は仲良く暮らし、芽々にもあんな思いをさせることもなかったんじゃないか。

僕は、父の代わりにはなれなかった。

「君はたくさんの死を背負いすぎている。もっと楽になっていいんだよ」

視界が滲《にじ》んでいく。輪郭の曖昧《あいまい》になった八千草が、ぼんやりと父の姿に重なってい
く。
「孤独だったね。でももうひとりじゃない。私を、父と思えとは言わないし、言えな
い。けれど、君はもっと私に頼っていいんだよ」
涙が頰を伝う。震える唇が勝手に開き、空気を求める。
「導いてあげるよ、光太」
彼が僕の名を呼んだとき、僕の手を握る八千草の手の感触は、美津子の手から父の
手になった。工場でたくさん働き、僕を抱いた、ごつごつとしたあの手だった。
頰を濡らす涙は熱かった。八千草がハンカチをそっと差し出す。僕はそれを受け取
った。ハンカチから人のにおいがする。
涙を拭《ぬぐ》うと、目の前の八千草がはっきりと見て取れた。当然、父ではなかった。し
かしそこに重なる父の面影は、靄《もや》が消えても残っていた。
「おいで」
八千草は僕を迎えるように手を広げた。心のどこかで、いつか誰かがこんな風に来
てくれるのを待っていた気がする。
「お待たせしました」

ユースケが八千草のウィスキーを運んでくる。間の悪さに苛立《いらだ》つも、八千草は「ありがとう」と彼に微笑む。ユースケはそれを受け、深く一礼した。と思うと、いきなりグラスのウィスキーを八千草に浴びせた。突然のことに僕は驚き、八千草は戸惑いながら顔を手のひらで拭った。

「ゆるせねぇ」

ユースケが八千草の顔をめがけて拳《こぶし》を振り下ろす。僕は咄嗟《とっさ》に「あぶない！」と口にした。しかし八千草はそれよりも先に立ち上がり、素早くファイティングポーズをとった。その身のこなしから、彼が経験者だと見て取れる。ユースケは怯《ひる》むことなく、二度目の拳を放った。それが八千草の頬をかすめると同時に、ユースケは八千草からカウンターをもらう。見事な反応だった。顎《あご》に拳を食らったユースケは片膝《かたひざ》をついたが、すぐに体勢を立て直し、八千草を睨《にら》みつけた。そしてまたも八千草に飛びかかっていく。

それから二人の攻防は続いた。やりとりは圧倒的に八千草に分があったが、ユースケの体力も尽きることなく、二人は一進一退の争いを繰り広げていた。

突如、八千草が苦しそうな声を発した。そしてうずくまり、ゆっくりと床に手をつく。

ユースケの手にスタンガンが見えた。もう一度スイッチを押すと、八千草は再び声を上げ、がくっと床に突っ伏した。

そのとき、頭のなかで何かが壊れ、もうひとりの自分がみるみる顔を出した。彼は衝動的に椅子を持ち上げ、ユースケの背中に放ち、グラスを投げつけた。床に落ちたグラスが粉々に砕け散る。

「先輩、しっかりしてくださいよ！」

ユースケはそう言って僕の腹を蹴《け》り飛ばした。自分の瞳にまた涙が溜《た》まっていたが、痛みのせいではなかった。痛みは全く感じなかった。

「やめろ、その人を殴るな」

「はぁ？」

テーブルの灰皿をぶちまけると、ユースケは咳《せ》き込んだ。その隙《すき》を見てスタンガンを奪い取ろうと手を伸ばす。察したユースケはスタンガンを投げ捨て、カウンターに並んだリキュールの瓶を一本摑《つか》み、僕の頭上に勢いよく振りおろした。

僕は思い切り地面に叩きつけられた。遠のく意識のなかで、八千草に馬乗りになるユースケが視界に入る。

「おばさんを殺したのはお前だ」

ユースケは叫びながら八千草を何度も何度も殴り続けた。八千草がさっきまでつけていたメガネやワイヤレスのイヤホンは、いつのまにか外れて床に落ちていた。何もつけていない彼の顔を見るのは初めてで、皮を剝《む》かれた鶏のような生々しさがそこにはあった。

「なんで、なんであんたなんかに」

ユースケは力を弱めようとはしなかった。

「返せよ、おばさんを返せよ」

「助けてくれ」

全身に力が入らず、立ち上がることができない。「やめろ！」と大声を出すも、ユースケにその言葉は届いていなかった。

「返せよ！」

ユースケはまるでぬいぐるみを奪われた子供のように暴れていた。

「助けて！　助けて！」

そう叫ぶ八千草の声を僕は聞いていられなかった。死に物狂いだった。いつもの落ち着いた声色はどこにもなかった。僕はこれ以上八千草を見ないで済むように、目を閉じ、耳を塞《ふさ》いだ。

「返せ、返せ」

「助けて、助けて」

「返せ、返せ」

「助けて兄ちゃん」

遠くで芽々が僕を呼んでいるような気がした。

「兄ちゃんってば」

芽々の幻聴が何度も何度も聞こえる。

「兄ちゃん、兄ちゃん、助けて」

ふと目を開く。

「兄ちゃん、兄ちゃん、頼むよ、助けて」

「返せ、返せ」

「兄ちゃん」

何度も聞こえる「兄ちゃん」という声は芽々の幻聴ではなく、八千草のものだった。

彼は飛んでいったイヤホンに手を伸ばしながら、兄ちゃん、と誰かを呼んでいた。

先ほどよりはいくらか動くようになった身体を起こし、おもむろにイヤホンを拾う。

耳にはめると、「今警察を呼んだから、少しの間だけ辛抱するんだ！」という声が聞こえた。

「誰、ですか」

僕がそう言うと、イヤホンは静かになった。

ユースケはなおも夢中で八千草を殴り続けていて、こちらに気付いていない。投げ飛ばされたスタンガンを拾いに行き、ユースケの首に当てて数秒スイッチを押す。離すと彼は振り向いてこちらを睨んだ。かと思うと、その場に倒れ込み、八千草の上に重なった。スタンガンでは気絶しないはずだったが、限界までの疲労と首という急所が相まって、彼は電池が切れてしまったみたいに動かなくなった。

僕は再び、イヤホンの向こうにいる人物に「あの」と話しかけた。

「誰ですか」

彼の言葉を待つと、「そうか。金平光太くんだね。初めまして」と低く湿った声が返ってきた。その声は少しだけ八千草と似ていた。

「誰？」

彼は僕を知っているようだが、僕はこの声に聞き覚えがない。

「誰か。本当の八千草、かな」

「ふざけんな。どこの誰なんだよ」

痛みと疲れで頭が回らない。

「どこ、ね」

そう言って男はふっと笑った。

「僕はいつも君の近くにいたし、ずっと見てたよ」

改めて八千草を見る。顔はかなり腫《は》れていて、かろうじて呼吸できているような状態だった。彼に感じていた父の面影はとっくになかった。

「すごいね、君は。ずっと、とても面白かった」

倒れている八千草の胸ポケットから潰れたタバコを取り出し、火をつけた。久しぶりのタバコにくらっときたが、煙を吐き出すと少しだけ生きた心地を取り戻せた。

「僕と会うかい？」

頭を触ると髪は少し濡れていて、指には血がついていた。青い照明がその存在感を際立《きわだ》たせた。

「全部話してあげるよ。その代わり、そこの八千草を連れてきて」

重なり合った八千草とユースケを見る。

「本音で話し合おうよ。暴力はなしだ。君ならわかるよね？『徳は凶暴に対して武器をとり、速やかに戦いを終えん』」

37　兄

ユースケの車のトランクを開けると加賀宮に使った道具がまだあった。そこから手錠を取り出してブルーレインに戻り、八千草の手にかける。八千草は放心状態で、されるがままだった。彼を立たせ、チェスターコートを袖《そで》を通さずに肩にかける。ボタンを留め、首から垂らしたマフラーをコートの内側に入れ込むと、手元は完全に隠れた。

ユースケの意識はまだなかったが、呼吸を確認すると息はしていた。おそらく眠っている。起こすとまた面倒なので、彼はここに残すことにした。芽々のことが気にかかるが、起きたとしても彼の怒りの矛先は僕ではなく、八千草に向かうはずだ。それにこの状態で何かできるとも思えない。きっと彼から連絡が来る。その時点で対応するのが最善だ。

万が一に備え、ユースケのスタンガンを拾ってポケットにしまう。そして人目に触れないように気をつけながら八千草を連れて店を出た。素早くDTに乗り込み、自宅前の公園へと向かう。

指定したのはイヤホンの相手だった。屋内だとどちらかに有利な場所になりかねない、二人とも知っていてあまり人目につかない屋外が望ましい、と彼は言った。

「だから、君の家の前にある公園にしよう。すぐに向かうよ」

車窓の景色に目を向ける。何の変哲もないが、それでいい。ただ眺めていたかった。イヤホンの人物が何者かを勘ぐる余裕はなかった。きっとこの先、また予想のできないことが待っている。だから今だけは、何も考えずに休みたかった。

DTの中の八千草は、それまで知っていた彼とは明らかに別人だった。話しかけても目を不安定に動かすばかりで、時にわなわなと震え出しては歯を鳴らしたりした。

公園に到着すると、ベンチにひとりの男が座っていた。白いキャップを目深《まぶか》にかぶった男は二月の夜にもかかわらずTシャツ一枚とデニムという出で立《いた》ちで、遠い距離からでもわかるほど太っていた。

「兄ちゃん」

八千草がそう彼を呼んだが、男は顔を上げようとしなかった。炭酸飲料の缶に口をつけ、流し込んでいる。

近づくにつれて見えてきた彼の腕には見覚えがあった。デリバリーを受け取る毛深い腕。エレベーターを待っていたときに見かけたあの腕だった。

「管理人さん、ですか」

男は飲み終わった缶をくしゃりと潰し、ゆっくりと顔を上げた。

僕は極力動じないように努めた。しかしその顔面の衝撃に、しばらく言葉を失った。まず対称的な部分がほとんどなかった。輪郭は激しく歪《ゆが》み、腫れぼったい瞼《まぶた》から覗《のぞ》く瞳《ひとみ》は左の方が小さく、口は斜めに曲がっている。鼻や頬はごつごつしていて、薄く長い髪がキャップと頭皮の隙間からこぼれ落ちていた。

「初めまして、金平光太くん」

曲がった口から出る声が、それほど聞き取りにくくないことが不思議でならなかった。彼に差し出された手を握ろうか迷っていると、八千草が「兄ちゃん」ともう一度呼んだ。

男は八千草を見ずに、僕に向けた手をブランコの方に動かした。八千草は「うん」と言ってそれに従い、ブランコに腰掛けた。

「弟はね、僕の言うことならちゃんと聞くんだよ。だからお願いだ。あいつの手錠を取ってくれないか」

「信じられません」

「うん、信じるのは難しいよね。でも本当なんだ。彼は逃げたりしない。というより、僕から離れられないんだよ。代わりに僕にその手錠をかけるといい。それで君が安心するならね」

迷ったものの、彼の指示に従った。八千草が丸腰なのは確認済みだが、この男は何を持っているかわからなかったし、情報が少ない。まず自由を奪うべきはこの男だった。スタンガンもあるし、自分の身くらいは守れるはずだ。

男は潰した缶を地面に放り投げ、素直に両腕を差し出した。手錠をかけると、その腕で「ここに座りなよ」とベンチを叩《たた》く。しかし、僕は動かなかった。冷たい風が僕らの間をすり抜ける。

「八千草さんがいつもつけてるイヤホンからあなたの声がした。今思えば、メガネのフレームがしっかりしているのも、それを拭く癖も、あなたがそこから見ていたから、ということですか」

手錠の下にある膨らんだ腹が、息をするたびに大きく隆起する。

「その通り。でも会社には他にもたくさんのカメラとマイクが仕込んであるから。DＤＬとＡＩＤＡの中でなら、いつでも君のことを監視、いや違うな。監視していたわけじゃない。見ることができた」

「監視と何が違うんですか。あなたはずっと俺を見ていたというのに」

「まぁ座りなよ」と男は腰を少しずらした。

「ほら、いいから」

彼は少し語気を強めた。しかたなく隣に座ると、彼は僕よりもずいぶんと身長が低かった。

「君は面白いよ。でもね、僕にとって君は主人公じゃないの。あくまで重要なサブキャラ。わかるかな。僕の主人公は」

男はふっと八千草を見た。八千草は空を見ながら穏やかにブランコを漕《こ》いでいる。

「似てないだろう？　でも、本当の兄弟なんだよ。彼は僕の三つ下でさ」

男の話し方は八千草よりも若々しく、リズミカルだった。

「あの容姿だからね、昔から可愛かったんだよ。可愛いというより整っているといった方が正しいかな。それに比べて僕は」

彼は息を吐いて顎に触れた。

「後天的なものじゃないよ、生まれたときからこうだったんだ。さすがに昔は、もう少し瘦《や》せていたけどね」

ブランコの金具が擦《こす》れ合って耳障《みみざわ》りな音を鳴らしている。

「八千草さんのこれまでの人生を、全《すべ》てあなたがコントロールしていたってことですか」

「そう慌《あわ》てないでよ。今は『ポーズ』の途中なんだから」

そう言ってリモコンで一時停止を押すジェスチャーをした。

「こうなった以上、全部話すよ。でも全てを知るのは、僕ら兄弟を除いて君だけってことになるからね。知るってことは不可逆だから。知らなかった状態にはもう戻れないよ？　それでも平気かい？」

男から汗のにおいが漂う。

僕は彼の目を見て頷いた。

「とりあえずざっくり話すから、黙って聞いててよ。えっと、どこから話そうかな。うん、僕がこの顔で生まれたのがまずかったんだな。なぜか顔が腫瘍《しゅよう》だらけでね。良性だから命に問題はなかったんだけど、両親は泣いたらしい。僕の将来を案じてか、醜い子を産んでしまった罪悪感からかはわからないけれどね。おそらく後者さ。だから一生懸命二人目を作ったんじゃないかな。あらゆるものを正当化するために」

正当化。芽々にそう言われた場面が蘇《よみがえ》る。

「手術したってこのありさまだ。そんな僕の思春期までがどんなものだったかは、だいたい想像通りだと思うよ。ただいじめられても、卑屈にはならなかった。僕はとっくにこの顔を受け入れていたし、僕がいじめられなかったら別の誰かがいじめられることもわかっていた。それにこの顔が怖かったのか、クラスのやつらもそこまでひどいことはしないんだ。近くに来れないんだよ。面白いよね、寄ってきておいて近づけないなんて。だから僕はいじめられるのに適任だったし、平気だった。孤独にならなかったのは弟のおかげだよ。彼だけはこの顔を見ても僕に近づいてきた。気に入ってしょっちゅう触るくらいだった。けどね、気にするのは親なんだ。母も父も優しすぎて、弱すぎた。僕がいじめられているって知った途端、落ち込んじゃってさ。結局、弟が生まれても罪悪感は拭えなかったんだね。そりゃそうだ、罪悪感の具象として僕は存在しているんだから」

彼から悲壮感は全く感じられず、それどころか語り口はやけに清々《すがすが》しかった。

「中学生になって学校に行くのをやめて、引きこもった。そうすればいじめられることもないし、親に心配かけることもないからね。幸い裕福な家庭でさ。学校のペースではなく、欲しいものがあれば何でも買ってくれた。その生活がなんとも最高でね。学校のペースではなく、自分のペースで何もかもできるんだ。だから勉強も楽しくなったし、僕は本ばかり読んだ。テレビゲームもよくした。僕の思春期はコンピューターゲームの黎明《れいめい》期とともにあったからね。弟とも一緒によく遊んだよ」

ブランコを漕ぐ八千草はひとりではしゃいでいて、無邪気にすら見える。

「しかし親からしてみれば、問題の種は僕だけではなかった。一見、健康優良児として生まれた弟もおかしかった。なんていうか、あいつは人が何を考えているのかわからないんだ。幼少期はそういうこともあるかもしれない。でも小学校高学年になっても、中学生になっても、そのままだった。誕生日会でみんなが喜んでいる意味がわからなかったり、人のものを盗んで怒られる意味がわからなかったり。逆もある。一週間後の宿題を『後回しにしないで、なるべく早くやるんだよ』と先生に言われると、寝ずに一日で終わらせようとしたり。いつか改善すると思ったけど、弟の場合は歳《とし》を重ねるほどひどくなっていった。一応病名はついているが、それは伏せるよ。僕は精神的なものに病名をつけるのが嫌いでね。だって弟のケースは弟のケースでしかないんだから」

男は指をくるくると回していた。まるで遠い記憶のフィルムを巻き戻すような仕草だった。

「あいつはそれに悩んでいた。そりゃそうだよ、自分がいいと思ったことが悪いことで、悪いと思ったことがいいことだったりするなんて、耐えられるわけないだろ？　だから僕は彼にボクシングを勧めたんだ」

ブルーレインで見た、素人《しろうと》離れした動きの理由はこれか。

「格闘技はシンプルだ。相手をやっつければいい。それだけだ。夢中になれれば葛藤《かっとう》から救われる。こうして彼はボクシングを始めた。有効だと思った。家族も賛成した。そうして彼はボクシングを始めた。初めは順調だった。彼にはセンスがあったんだ。コーチがこうすればいい、と言ったことを簡単に真似《まね》してみせた。逞《たくま》しかったよ。しかもあのルックスさ。ボクシングが強いときたら、女たちはほうっておかないよ。けれどあいつにはまだ早かった。葛藤を解放するのがね。ある日、強姦《ごうかん》罪で逮捕されたんだ。葛藤がない。現場を見たわけじゃないからね。ただ、弟に無理やり迫ってきたはずの女の子が警察に助けを求めた、それだけで嫌な感じはするだろ」

彼が誰の話をしているのか、ときどきわからなくなる。

「面会に行ったとき、あいつは泣いていたよ。『自分がどうしてここにいるのかわからない』ってね。また振り出しさ。彼はボクシングに戻らなかった。釈放されてからは誰も手がつけられなくなった。そのうち家に帰らなくなり、どこにいるのか、何をしているのか、僕ら家族もわからなくなった。捜したって無駄だってわかっていたし、みんなあいつに疲れていたんだよ。弟自身もね。両親はあまり家から出なくなった。仕事も休んでいたみたいだった。そうなると今度は僕の居心地が悪くてね。ゲームセンターに入り浸るようになった。あそこはよかった。人が集まっているように見えて、それぞれの空間は独立しているから、干渉はなかった。僕はひとつクリアしては、また別のゲームを始め、そうしてほとんどのゲームを完璧《かんぺき》にこなしていったんだ。すると僕の噂《うわさ》が広まり、営業に来たAIDAの人から『テスターをやらないか』ってもちかけられた。もちろん快諾したよ。なんせ発売前のゲームが遊べるんだから。それに個室も用意してくれるっていうんだ。そんなに立派じゃなくて、漫画喫茶のような場所だったけど、生活できなくはなかった。両親は喜んだささ。だって僕がバイトとはいえ仕事をすることになったんだから。『この世に不必要な仕事はないわ』って母さんは言ったよ。今でもあの嬉《うれ》しそうな顔を覚えてる」

彼の話のはずなのに、なぜか自分の母の顔が頭に浮かんだ。

「少し疲れたな。弟以外の人と話すことは滅多にないから。喉《のど》が痛いよ」

彼はそう言って僕の部屋の方を見上げた。月明かりを浴びた彼の顔はやはりおどろおどろしく、歪《いびつ》な火山岩を思わせた。彼は笑みを浮かべているらしい表情で、「コーヒー、淹《い》れてきてくれないかな」と言った。

「ミルクがあるといいな。心配しないで、僕らはずっとここにいるから。絶対逃げたりしないから」

僕は言われるがまま部屋に行き、ケトルのスイッチを入れた。待つ間、コップ一杯の水を口に含む。

床のシミに目をやる。黒ずんだ美津子の残り。

知るということは不可逆だと彼は言った。

このまま逃げてしまおうか。知らなければいろんな言い訳や解釈でごまかせる。でも真実にたどり着けば、僕はもう逃れられなくなる。

ケトルが鳴り、沸騰《ふっとう》を知らせる。

知って不幸になる。知らずに幸せでいる。

ならば前者を選ぶ必要がなぜある？

しかし後者でいたとしても、きっと僕は苦しむ。いつかは自分の幸せを疑うことになる。何かを知らずに過ごしていると、僕はもう知ってしまった。何をしていても、別の真実があるとわかってしまった。不可逆。僕はとっくに後戻りできないところまで来てしまったんだ。

ここまで来たのなら、僕は知らなくちゃいけない。

コーヒーを淹れ、大きめのマグをふたつ用意して注ぐ。片方にはミルクを入れ、僕は再びあの公園に戻った。

38

ゴーストタウン

「ありがとう」

またも笑っているのかわからない表情で男は僕を見る。彼は手錠に繋《つな》がれたままマグを持ち、曲がった口に器用にコーヒーを流し込んだ。

「美味《おい》しいよ」

八千草は飽きずに今もブランコを漕いでいる。

「少しゆっくり話しすぎた。でも自分のことを話すのって難しいね。事実を並べたとしたって解釈はいろいろあるわけだし。そもそも自分のことなんて、実際わかっていないんだよ。人は平気で記憶を改ざんするしね。かといってわかりやすく話すのも嫌なんだ。心の変遷を」

「簡略化した言葉は陳腐なだけ」

「その通り」

男はそう言って、両手の親指を立てた。

「まぁいい。それでも試みるさ。君には忍耐を強いるかもしれないけれどね。えっと、どこまで話したかな。僕がテスターのバイトを始めたところまでだったよね。うまくいったんだよ、そのバイトが。向いていたんだな。他の誰よりもプレイは速かったし、問題点の指摘も我ながら的確だった。アドバイスまでしたさ。決して楽な仕事ではないから辞めるやつも多いんだけど、僕には体力と集中力が備わっていた。僕の信用は右肩上がりで、社運を賭《か》けたようなゲームは真っ先に僕のところに来るようになった。テストリーダーになると、給料も増えたよ。家族のクレジットカードは使わなくなって、完全に自立した。両親は心底喜んだね。僕という存在——罪悪感の具象が自分たちの手から離れたことで肩の荷が下りたんだ。それから、ほとんど連絡はしていないし、してもこない。そうそう、僕を見つけてきた営業の人、僕は下木《したき》さんと呼んでいたんだけど、彼は本当にいい人でね、僕が人目に触れないよう丁寧にケアしてくれたし、いつも気遣ってくれた。彼もね、僕と時を同じくして出世したんだ。それは下木さんの実力もあるけど、僕のおかげでもあったね、間違いなく。下木さんは僕を見つけた後、異動で営業からゲーム開発部門になったんだけど、よく僕にアドバイスをもらいにきたんだ。それがまたうまくいくのなんのって。『ジェラジェラ』もそのひとつさ。マジローのキャラデザを考えたのも僕だよ」

マグに口をつける。さっき淹れたばかりのコーヒーはすでに冷め始めていて、香りはあまり感じられなかった。

「話を弟に戻そう。僕が二十五を過ぎた頃、突然彼が僕を訪ねてきたんだ。何年ぶりだったかなぁ。僕が知っているときのあどけない印象はなくて、精悍《せいかん》だった。爽《さわ》やかで清潔感もあった。でもね、話すと何も変わってないんだよ。口ぶりも、性格も。今までどうしてたって聞いても、『わからない』の一点張りで。女のところを転々としていたんだとは思うけどね。それから彼はこう言ったんだ。『俺はもう限界だよ、自分で自分をうまくコントロールできない、でも死ぬに死ねない、誰かに身を預けたい』」

八千草はブランコの座板に立ち、空を眺めていた。

「だからね、僕は彼の人生をプレイすることにしたんだ」

そう言って男はマグカップをベンチに置き、八千草の方へ歩いていく。僕は彼の後ろについていった。

「弟というキャラクターを動かして、ＡＩＤＡを攻略していく。それって最高のロールプレイングゲームだと思わない？」

「そんなことって」

「できないと思うだろ？　でも僕らはやった、今日の今日までね」

男は八千草のブランコをゆっくり押した。八千草は「兄ちゃん」と言って笑った。

「テストリーダーとして働いたからＡＩＤＡについてだいたいわかっていたし、下木さんも会社の内情を詳しく教えてくれたから、組織のことは把握できた。彼には本当にお世話になったよ。弟がすんなりＡＩＤＡに入れたのは下木さんの紹介だったしね。僕はまず、弟を彼のアシスタントとして働かせたんだ」

「その人は、八千草さんがあなたにコントロールされているって知ってたんですか」

「下木さんにだけは正直に言ったよ。彼はすっかり親友だったし、仲間は多い方がいい。ＲＰＧだってパーティは四人くらいいるだろ？」

「それを受け入れたってことですか」

「もちろんさ。下木さんは僕を信用していたからね」

ブランコの風が皮膚に触れる。

「初めは本当に大変だったよ。車で弟を追いかけて指示をしてさ。弟が言う通りに動いてくれないこともあったし、連携がうまくいかないこともあって、失敗の連続。他にもさ、マイクとかイヤホンの調子が悪くなったりしたこともあって。当時は今ほど技術が進歩していなかったからね。それに常に耳にイヤホンをしてるなんて人間もいなかった。今じゃすっかり自然な光景になったけど。だから髪を伸ばさせて、耳を隠したりしてさ。そうそう、あの頃テレビでもドッキリ番組が増えてさ。あれも参考になったなぁ」

男は懐《なつ》かしむように遠くを見たかと思うと、「あっ」と僕の顔を見た。

「そういえば最近もあった、弟と連絡が取れなくなったことが。大変だったんだけど、あのときは君に助けられたね」

「なんのことですか」

「ラスコースのときだよ。ＤＤＬが停電になったって聞いてるだろ？」

後に調べたところによると、原因は電線の老朽化だった。

「いきなり全部の電源が落ちたんだ。電源が切れたのは、君がちょうど榊の正体に気づいた瞬間だった。すぐに復旧したけど、弟と連絡が取れるようになるまで数分かかった。でも君のおかげで弟がいいアドリブをかましてくれた」

「アドリブ？」

「圧迫面接の再現さ」

ラスコースで八千草が見せた圧迫面接の再現。ころころと表情を変えながら何役も演じる姿は、今でも忘れられない。

「彼はね、信じられないほど記憶力がいいんだ。僕らと脳のつくりが違うのさ。弟は僕と連絡が取れなくなって困っていただろう。そんなとき、君が榊が桑原だと気づき、弟の脳にあの日の光景が蘇った。さっき再現と言ったが、正確に言うと違うんだ。弟はきっと、あの日の記憶をただ読み上げただけだ。あれが功を奏し、榊の顔が一気に変わった。そこから僕が『今はご結婚されたんですか。へえ。それはあのゴルフサークルのメンバーなんですか？』と続けたわけだ。素晴らしいチームプレイじゃないか！」

男は手錠をはめられた手で小さく拍手し、笑い声を上げた。

「まぁ、こんなミラクルが起きるケースは稀《まれ》で、僕は戦略的に弟をコントロールしてきた。引きこもっていた頃に心理学やビジネスマーケティングなんかの本も読んでいたから、難しいことじゃなかった。順調に結果を出した弟は二年で下木さんのアシスタントを外れ、独り立ちした。弟も楽しかったんだろうね、今までが嘘《うそ》のようにどんどん健康になっていった。思考しないから、ストレスを感じないのかもしれない。言われるがまま、身を委《ゆだ》ねる。それがどんなに心地いいか。ときどき羨《うらや》ましく思えたよ」

猫でも通り過ぎたのか、後ろの植え込みから草の擦れる音がした。

男は僕を見て「信じられないって顔つきだね」と言った。

「わからなくもないよ。常軌を逸した話だもん。でも、事実なんだよ」

「八千草さんは、文句を言わなかったんですか」

「文句？　どうして？　だってもともとは弟が望んだことだよ。彼は僕に思考を譲ったことで解放されたんだ。人々が神に求めることを、弟は僕に求めたんだ」

「自分が自分でなくなるのに、人は耐えられるものでしょうか」

「僕と弟は本来ひとりで生まれるべきだったんだよ。でも僕らは、不自然な肉体を持つ人間と不自然な心を持つ人間に、それぞれ分裂して生まれてしまった。だとしたら元に戻るのが自然だろう？」

八千草は突然ブランコから飛び降り、少し離れたかと思うと地面に仰向《あおむ》けになって寝転んだ。

「でも人は選択する生き物です。自ら主体的に選択するなかで自分を律することができ、それが喜びになる」

「君、それ本気で言ってるの？」

そう言って男は後ろ向きにブランコに座った。

「人は主体的に選択しているわけじゃないよ。君がＤＤＬに入ったのも、美津子とできたのも、今ここにいるのも、全て導因があるんだ。しかるべき理由がね。つまりそうなるしかなかったんだよ。それを君は選択と呼ぶの？」

――何も選択をせず、成り行きまかせに生きてきたツケ。

バスルームで考えていたことを指摘され、脳内まで監視されている気がする。ありえないと思うものの、ここまでの話で現実との境界線がわからなくなっている。

「まぁいいや。今御託を並べたってしかたがないし、観念的な会話はまっぴらだ。とにかく僕らはひとつになることで、ようやくこの世界をうまく生きていけるようになったんだ。僕は自分の肉体でなく弟の肉体を操ることで、あらゆる自意識から解放された。それでいてね、身体的な感覚っていうのもちゃんと得られたんだよ。信じられないと思うけど、弟の肉体がセックスすれば僕も快楽を感じることができたんだ。思考と肉体が離れたことによって、脳が正常に機能するようになったのかもしれない」

「それはあなたの一方的な視点です。八千草さんの思考が完全に空になったわけじゃないし、彼も快楽を感じていたに違いない。矛盾してます」

僕がそう言うと、それまで揚々と話していた男は少し静かになり「それは、そうなんだ」と言った。

「思考はふたつ重なっているような状態で完全な同一ではないから、もちろん矛盾も起きる。だけどね、それでも僕らはうまいこと生きていたんだよ」

「ちょっと待ってください。セックスってことは、プライベートも全て指示を出していたんですか」

「もちろんだよ。そもそも弟に仕事とプライベートの境目なんてないんだよ。彼に表も裏も存在しない。だから恋愛面もコントロールしてやらなきゃいけない。でもね、おかげで弟は妻子を持つことができた。僕らの子供の頃とは違って、とても素晴らしい家庭さ。いまだに家族は僕の存在を知らないけどね」

「そんなこと」

「不可能だと思うかい？　でも何度も言うように僕はやってのけたんだ。彼の妻子と言ったが、僕からしてみれば僕の妻子なんだよ。実際、僕は家族を愛している。自分の肉体ではなくとも、彼はほとんど僕なんだ」

まじまじと男を見る。自分の肉体を諦《あきら》めた人。他人の肉体で生きることにした人。彼自身がむき出しの脳であるかのような錯覚を覚える。

「話を戻すよ。いよいよ君が一番知りたい部分だ。弟が出世すればするほど、下木さんは僕の待遇もよくしてくれた。ＡＩＤＡに管理人室という名目で部屋も作ってくれたんだ。僕はそこに住み着いて弟をプレイした。そうして彼が三十歳を過ぎた頃には、家庭も仕事も充実している幸せな主人公を作り上げたのさ。そんなとき、彼女が現れた」

斉藤美津子。

「彼女と会ったのは、弟の子供が生まれてすぐだった。エクリチュールでも話したように、美津子はクライアントのトイメーカーで働いていた。彼女はとても優秀だった。気が利《き》くし、人のことをよく見ていた。それに向上心が強かった。野心家はアクティブだから、僕は好きなんだ」

美津子に野心家の印象はなく、今思っても無欲で淡々としている彼女の方がしっくりくる気がした。

「美津子と会ってすぐ下木さんの海外勤務が決定したんだ。大事な仲間を失ってしまったばかりで、僕らには彼女のような存在が必要だった。だから僕は彼女をＡＩＤＡに引き抜くことにした。さっきも言ったように彼女は向上心が強く、特に金に関しては執拗《しつよう》なほどこだわっていたんだ。だから高収入を餌《えさ》に交渉した。そのあたりも下木さんが海外にいながら間に入ってくれたよ」

「彼女が金にこだわる印象は僕にはありません」

「君が美津子に関して知っていることなんて、ほとんどないんだよ」

　また植え込みから音がした。

「無事に美津子はＡＩＤＡに入ったわけだけど、僕の存在を彼女に伝えることはしなかった。あくまで弟のチームパートナーとして彼女を迎え入れたんだ。チームはとてもうまくいったよ。やがてＡＩＤＡが子会社を立ち上げることが決定した。僕らのチームは丸ごとそっちに選抜され、新たなプロジェクトの中心メンバーとして大きく期待された。実際ＤＤＬはすぐに軌道にのったさ。君もＡＩＤＡでソフト化に関わった、『ゴブリンインサイレンス』。えっと、シリーズ累計本数はいくつだったかな」

　彼はわざとらしく僕に尋ねた。

「六千万本」

「その通り。あれは僕と美津子がほぼ二人でやったプロジェクトだ。僕らは他にも予測をはるかに上回る利益を叩き出し、ＤＤＬを誰も文句の言えない一流ベンチャー企業へと成長させた。海外から下木さんが帰ってくると勢いはさらに増したよ。僕ら四人のチームは、まぁ美津子は三人だと思っていたけれど、本当にとても優れていたんだ。しかしね、彼女と会って四年くらい経《た》った頃かな、美津子も気づいてしまったんだよ。僕の存在に」

「そこまで隠せたことが驚きですが」

男は首のあたりを掻《か》きながら「僕は完璧だった。しかし下木さんがね」と言った。

「彼はいつも、人のいないときを見計らって僕の部屋を訪ねていたんだが、そのときは美津子の存在に気付かなかったんだ。監視カメラを見ている僕でさえね。というのも、彼女もカメラを使って別の場所から下木さんを見てたんだよ。彼女がいつから怪しんでいたかはわからないが、何か感づいていたんだね。下木さんが僕の部屋に入ると、突然美津子が現れてノックした。僕も下木さんも反応しないでいると美津子は言ったんだ。『下木さん。ここにいることはわかっています。何をしているのか言わないと、私はここのことを上に言って調査させます』とね」

彼はため息をつくと、「観念するしかないだろう？」と芝居がかった言い方をした。

「だからしかたなく、僕と下木さんは部屋に招き入れ、これまでのことを明かした」

「彼女は信じたんですか？」

「君と同じような感じだよ。疑いながらも、僕の話を聞いていた」

不意に静寂が訪れた。彼は次の言葉をためらっているようだった。しばらくして、

「それからね」と訥々《とつとつ》と続ける。

「彼女は僕を抱きしめたんだ」

男は腫れた瞼を何度も瞬《まばた》きさせた。

「信じられるかい？　初対面の僕を抱きしめたんだよ。それも泣きながらだ。『大変でしたね』って。そもそも彼女は僕を見てもなんの抵抗も見せなかったんだよ。気づいたらね、僕の瞳《め》からも涙が出ていたよ。初めてだったんじゃないかなぁ、僕が泣いたのは」

そう話す男の瞳はひどく黄ばんでいた。

「その瞬間に、肉体が僕のもとに帰ってきてしまった。体温を感じてしまった」

寝転んでいた八千草は右手右足を前に出したかと思うと、そのままナンバ歩きを始めて園内をぐるぐると回りだした。

「それから彼女と親しくなるまで時間はかからなかった。彼女は頻繁に部屋を訪ねてくるようになった。僕に興味を持ったんだね。だから僕もつい嬉しくなって、自分の話をした。そのうちに自然と恋愛関係になっていった。まずいとは思ったよ、僕が僕自身に喜びを感じてしまうと、弟の存在が不必要になりかねない。だから弟には美津子との関係を隠した。下木さんにも口止めした。僕と美津子は弟が寝ている時間や、彼がひとりで何かに熱中している時間を見計らって逢瀬《おうせ》を重ねた。美津子はそれを嫌がらなかったし、僕が弟にしていることも理解してくれたよ。それどころか応援さえしてくれた。『私もできることがあれば力になるからね』って。本当に素晴らしい女性だったよ。僕はいまだに彼女しか女性を知らない」

彼はそう言って遠くを見た。

「今思い出しても、最高の日々だったよ。クリスマスだけは美津子とエクリチュールに行ってホテルに泊まったんだ。弟は下木さんに任せてね」

きっと美津子に逢《あ》ったあのホテルだろう。

「そして大変なことが起きた。美津子は僕の子供を孕《はら》んだ」

「えっ」

思わず声が漏れた。

「正直素直に喜べなかったよ。だってこの顔に似た子が生まれたらどうするんだい？　そりゃこれはただの腫瘍だから遺伝しないって頭じゃわかってる。でも実際に生まれてこなきゃわからないし、もしかしたらもっとひどい顔をしているかもしれない。それに弟はどうする？　この生活に子供が加わるなんて考えられないだろう。でも美津子は、そんなことどうでもいいといった様子だった。『喜ばしいことよ』と言ったんだ。『あなたは無理しなくていい。八千草さんの面倒を見てていいから。子供は私がどうにかするから』って。彼女がそう言ったとき、原罪から解放されたような気分だった。僕はあの日に生まれたと言ってもいい。まさに人生の絶頂だった。しかしそれは束《つか》の間《ま》のことだった」

八千草の歩く速度がはやまっていく。

「恐れていたことが起きたのさ。弟が僕と美津子の関係を知ってしまった」

やがて八千草は真剣な表情で全力疾走を始めた。

「そして信じられないことになった。美津子が弟と寝たんだ」

男の歪んだ顔はさらに歪んだ。

「僕が寝ている間の出来事だった。もちろん弟も寝ているはずだった。しかし僕が目を覚まして弟の声を聞いたとき、なぜか美津子の声も聞こえたんだ。それも真っ最中の声だ。ヒステリックになったよ、あの部屋で喉がちぎれるほど叫んだ。その声は弟にも届いているはずなのに、彼は動じなかった。今思い出すだけでも身体中《からだじゅう》に怒りが充満するよ」

「なぜそんなことを」

「呆然《ぼうぜん》とした僕のもとに先にやってきたのは美津子だった。僕の怒りに満ちた顔を見て彼女は驚いた。それからね、『あなたの指示だと思った』って言ったんだよ。つまりだ、僕が命令して弟にやらせたと思ったわけだ」

「それはつまり」

八千草はスピードを緩め、今度はスキップを始めた。

「あいつは僕と美津子の関係に嫉妬《しっと》し、自分がおろそかにされていると不安になったんだ。だから僕らの関係を壊そうとした。弟が僕になるという形でね」

「でもあなたはずっと弟を見ていたわけですよね。彼が二人の関係に気づいたとき、何をしでかすかわからなかったんですか」

「そもそもどうして気づいたのかわからないんだ。弟は『兄ちゃんのことなんだから見ていればわかった』って言うんだよ。もしかしたら僕はそれくらい彼女に夢中になっていて、鈍っていたのかもしれない。たぶん、僕はおかしくなっていたんだよ」

男は立ち上がり、僕の正面に立ってブランコの柵《さく》にもたれかかった。

「そして美津子は流産した」

僕は手で顔を覆《おお》った。これ以上彼を見ていることができなかった。

「僕を裏切った罪悪感からか、それともストレスか。いずれにせよ間違っていたんだ。僕は肉体を持ってはいけない人間だったのさ。神に逆らったようなもんだ。だから地獄が待っていた。チームは活動を一時休止することにした。美津子も僕も弟も、少しの間休養することになった。それは下木さんの判断さ。その間、僕は嫌というほど自分を見つめ直した。そして決心した。僕は美津子から離れることにしたんだ」

「弟の方は？　まさか許したんですか」

「あぁ、許したよ」

男は脱力したように、月を見上げた。月明かりに照らされた彼の顔は、羽化したての蟬《せみ》を思わせた。

「おかしいと思うかい？　でもね、あの頃の方がおかしかったんだよ。弟よりも自分を優先するなんて。僕らは元の形に戻らなければならなかった。弟と生きていくためにはそれしか方法がなかったんだよ」

「美津子は素直に別れてくれたんですか」

「いや。彼女は許してくれって言ったよ。でも美津子は勘違いしていた。僕は彼女を許していた。けれど弟のために彼女と離れなければいけない。もう弟に辛《つら》い思いはさせたくなかったんだ。だけど、いくら説得しても彼女は聞かなかった。拒絶し続けると彼女は『だったら全てをバラす』と言った。脅しじゃなく真剣にね。だから僕も彼女と戦うことに決めたのさ」

「それでパワハラを捏造《ねつぞう》し、彼女を陥《おとしい》れることにしたというんですか」

「聞き捨てならない言葉だな。でも、言ってみればそういうことだよ」

男は柵から立ち上がり、大きく伸びをした。

「もしバラされても誰も信じないように、彼女の信頼を奪うことにした。と同時に、弟はＤＤＬの管理人と古い付き合いだという噂を広めた。そもそもね、弟が誰かの操り人形だと言われて信じる方が難しいんだ。君ならわかるだろ？　美津子は見通しが甘かった。僕の狙《ねら》い通り彼女は左遷《させん》され、経理へ異動になった。初めの勢いはどこへやら、彼女はすぐにおとなしくなった」

男は丸々とした指を僕に向け、「そしてホストクラブにはまったというわけだ」と言った。

「とりあえず僕の話はこれくらいかな。質問があれば答えるけど」

「……あの」

「何？」

男が被《かぶ》っていたキャップを脱ぐと、現れた頭髪は薄くて白く、そして情けなかった。

「加賀宮が美津子に言った言葉、あれもあなたが？」

それは僕ではないと言ってほしかった。しかし男は「あぁ、そうだよ」と、淡々と答えた。

加賀宮の声が脳内に響く。

——きっと育てた親がろくでもないんでしょうね。だから子供産まないの正解っすよ。子供がかわいそうですもん。俺の親父《おやじ》はすごい人でよかったっす——

男だけが知る、自身にとっても最悪の言葉を、彼は自ら選んだ。美津子が手を出すほど激昂《げっこう》したのは、子供のことを言われたからか、それとも父親という存在に触れたからか。あるいはその両方かもしれない。

「なんてことを」

あまりのむごさに、僕はもう涙も出なかった。

「責めるような目だね。でも僕からすれば君もほとんど同じだし、弟とも一緒だ」

そう言うと彼は手錠をしたままの手で僕の襟元を摑《つか》み、顔を寄せた。

「ゴーストタウンも、タウンメーカーも、美津子のアイデアだろう？」

近くで見る彼の顔に耐えきれず、僕はわざと焦点をずらした。

「この話を聞いてまだ気がつかないのか？　美津子は君に惚《ほ》れていたわけでもなければ、不採用にした罪悪感から君に会いにいったわけでもない。初めから利用するために君に近づいた。なぜだかわかるか？　僕に復讐《ふくしゅう》するためさ。君を使って、僕と同じやり方で」

男の拳《こぶし》に力が入る。

「君は利用されたんだ。僕が弟を操るように、彼女は君を操ろうとした。あの頃、美津子はＡＩＤＡとＤＤＬに就職を希望する人たちと何人もコンタクトを取っていた。君のように一度落とした就活生ともね。僕に復讐させるにふさわしい人材を探していたんだ。君はたまたまその条件にぴたりと当てはまった。どうにかＡＩＤＡに入社させ、ゴーストタウンのアイデアを形にさせることで、次世代のエースに仕立て上げるつもりだったのさ。そしてあわよくば僕らを脅《おびや》かす存在にしようとしたんだよ。君は弟に対して恨みもあったわけだしね。とはいえ、僕もわかっていて君を入社させたんだが。美津子ならきっと面白い復讐をするだろうし、実際、彼女のアイデアは会社に大きな利益をもたらした。復讐どころかすごい恩恵を僕らは受けたんだ。しかしゴーストタウンか。彼女らしいネーミングだよ。すっかり彼女の街だ、僕らの会社は」

「違う」

就活の頃、美津子は会うたび僕にゴーストタウンやタウンメーカーの構想を話した。そしてアイデアのアウトラインだけでなく、実現するまでの具体的なプランまで話し、そして最後には「入社できたら、一緒に形にしよう」と言った。聞き飽きるくらい、何度もそう言った。

「僕は操られてなんかない。だとしたら、どうして彼女は死んだ？　死なずに僕を見続ければいい。そして操り続ければいい」

「そこが僕もわからないところだ。ただ間違いなく、彼女は僕にできないことをした。素直に負けを認めるよ」

顎《あご》のあたりに触れる彼の手は、なぜかとても熱かった。

「君の実行力は評価されるべきだ。でも全《すべ》ては美津子に導かれたもので、どれほど君がいいものを作ろうと、今なお君の首輪を握っているのは美津子の亡霊に他ならない」

首輪。飼い主。ペット。

「違う。彼女が僕を利用したんじゃない。僕が彼女を利用し、アイデアを奪って結果を残そうとしたんだ。強《したた》かなのは僕だ」

「無理するなよ。君の性格はよくわかってる」

どんなに首を振っても外せない首輪。暴れれば暴れるほど喉に食い込んでいく。

「君はこう思っていたんだろう？　『美津子の遺志を、彼女がここにいた証《あかし》を形にして残さなければいけない』とね。なんていいやつなんだ君は」

息を切らし、舌を出して、はぁはぁとよだれを垂らす、自分。

「そうじゃない」

美津子の死を知った日に、自分の首に絡《から》みついた手は今もそのままなのだろうか。

「そうじゃない」

その通りだ。

「僕は自分の意志で」

「君の意志なんかどこにもないんだよ」

「違う」

美津子は僕のすることを全て見越していた？

「君は本当によくやったよ。美津子のアイデアをここまで具現化できるのは君だけだ。やはり美津子はすごい人だ。君ならできると見抜いたわけだ。彼女に見せてやりたいよ、君のやってきたことを」

男はそう言って僕を突き飛ばした。

「ちなみに言っておくが彼女は横領なんてしていないよ。君に注ぎ込んだお金は全て自分で稼いだお金さ」

下から見上げた男の顔は、月明かりを背負っていてよく見えなかった。しかし声から冷笑しているのが伝わる。

「家族から恨まれたらたまったもんじゃないだろう？　だから彼女が自殺した動機は、

彼女自身の問題だってことにしないと。賠償請求されたりなんかしたら、会社の損失はかなり大きい」

今度は僕が彼の襟元に摑みかかった。男は抵抗せず身体を委ねる。

植え込みを渡る猫の音がまた、僕を苛立《いらだ》たせる。

「君の怒りはわかるよ。君はことの中心にいるようでいて、ただの脇役《わきやく》だった。利用されただけの人物だ。なのにたくさんの業《ごう》を背負わされてしまった。苦しいよね。だったらさ、これからは君の首輪を僕が握ってあげるよ？　嫌なら、外せばいい。でも、僕は君の力になるし、君にもっといい景色を見せてあげたいと心から思っている」

男の言葉が八千草の声に変換されて聞こえる。

「もううんざりだ」

僕は彼から手錠を外し、それをポケットに入れた。そして彼と目を合わせ、強く睨《にら》んだ。もう焦点をずらすことはなかった。

「もう何にも縛られるつもりはないし、縛るつもりもない」

「一度縛られたものから解放されるのは、とても難しいことだよ」

彼も僕から目を逸《そ》らさなかった。その目に、僕の中に深く入り込もうとする意思を感じる。しかし僕は拒絶する。視線の攻防は、しばらくの間続いた。

すると突然、彼が瞳《ひとみ》を大きく見開いた。それから呼吸を乱し、わずかに震え、そしてゆっくりとしゃがみこんだ。そのときになって、彼の背後に誰かがいることに気づいた。

ユースケが僕を見る。しかし何も言わない。それから男の方へ視線を移す。

男の背中には包丁が刺さっていた。Tシャツにじんわりと血が滲《にじ》んでいる。

「ユースケ、お前」

しかし彼は僕の言葉には反応せず、その包丁を抜いて再び背中に突き刺した。ユースケは一定のリズムでそれを繰り返した。突き刺すたびに血しぶきが飛び散り、街灯がその赤さを目立たせた。

履いていた白い靴に血が飛んできたが、足がすくんでよけることができない。固まってしまった僕は、ユースケを止めることも押さえることもできず、「やめろ」という言葉もほとんど声にならなかった。うめき声をあげる男と黙って刺し続けるユースケを、僕は呆然と見るばかりだった。

包丁で刺されるごとに男の体勢は低くなり、彼は助けを求めるように僕に手を伸ばした。その顔はひどく恐ろしく、地獄の責め苦を受ける者そのものだった。そのおぞましさに、目を逸らすことさえできなかった。

「助けてくれ、ここで死ぬわけにはいかないんだよ。なぁ、金平くん」

しかし男はそう言って、力なく地面に倒れ、動かなくなった。

ユースケを見る。「終わりました」と当然のように言い放つと、彼は包丁を地面に捨て、道路の方へ走っていった。八千草は何が起きたのかわかっておらず、こちらをじっと見ている。

足はまだすくんでいたが、それでもどうにかユースケを追いかけた。しかし彼の足は速く、距離をどんどん離されていく。必死に腕を振り、ユースケを追いかける。しかし彼はさらにスピードを上げた。僕もペースを上げるが次第に息が上がり、途端に足が重くなる。

公園を出ると、ユースケは車に乗り込もうとしていた。動かない身体を振り絞り、一心不乱に足を動かす。ユースケは僕を一瞥《いちべつ》し、エンジンをかけ、アクセルを踏んだ。もう追いかける体力は残っていなかった。太ももを叩《たた》いてもだめだった。

車が走り出す。悔しさのあまり、地面を蹴《け》った。その直後、激しいクラクションが鳴る。交差点から別の車が現れたかと思うと、ユースケの車の側面にその車のバンパーが食い込んだ。そのままの形で二台はスライドし、ガードレールを破って壁に激突すると、聞いたことのない衝撃音が響き渡る。一瞬の出来事だった。

住宅の明かりがちらほらとつく。

何が起きたのか理解できず、僕はその場に立ち尽くした。しかし我に返り、警察に電話をする。手は震えていた。呼吸も浅くなる。またしても言うことをきかなくなった身体を動かし、車に駆け寄った。

「こちら警察です。事件ですか事故ですか」

僕は一瞬迷い、「事故です、交通事故です」と答えた。

「当事者ですか、目撃者ですか」

「目撃者です」

当事者でなく目撃者。

「いつですか」

「たった今です」

たった今の今まで、僕はずっと、ただ巻き込まれた目撃者だ。

「場所はどちらですか」

二台の車に追いつく。突っ込んだのは黒の高級外車だった。フロントガラス越しにドライバーの顔が見える。加賀宮だった。彼は苦しそうにもがいていたが、僕を見るなり驚いたように顔を伏せた。

ユースケは頭から血を流し、力なくシートに寄り掛かっていた。意識はなく、口もだらしなく開いていた。車のドアを開けようとしたが、車体が歪《ゆが》んでしまったのか、あるいは内側からロックされているのか開かない。窓を叩きながら「ユースケ、ユースケ」と何度も呼んだが、彼の意識は戻らなかった。

公園から「兄ちゃん！　兄ちゃん！」という叫び声が聞こえる。その声に重なるようにサイレンの音が響いた。

39 アネモネ

公園の一角にある花壇のアネモネは色とりどり華やかで、毎年春の訪れを予感させる。今年も一斉に咲いた花はぴんと背を伸ばし、風に身を任せて可愛《かわい》らしく揺れていた。薄い花弁が不規則に動く様は、まるで大人に隠れてひそひそ話をする子供たちのようで、微笑ましい光景だ。そこが殺人現場でなければ、例年のように道行く人々の気分を穏やかにしたに違いなかった。

園内が黄色いテープで囲われていた期間は、警察やメディア、野次馬などで賑《にぎ》わっていたが、それが外されると途端に人の気配はなくなった。まるで公園そのものが人の目に映らなくなってしまったかのように誰もいなかったが、ごくたまに、物好きが心霊体験を求めて写真を撮りにきたり、真相を求める取材者が様子を窺《うかが》いに訪れた。

誰にも見られないで咲くくらいならと、僕はアネモネを摘んだ。白と赤と青紫を五本ずつ選んで、ビニール袋に入れ、先を目指す。

警察に連絡したあと、近所の住人たちが事故現場に少しずつ顔を出した。ただ傍観していたり、面白がって写真を撮るだけの人がほとんどだったが、何人かはユースケを助け出すのに協力してくれた。しかし僕らには歪んだドアを開けることはできなかった。自力で車からはい出てきた加賀宮は道路の端にうずくまり、そんな僕らをじっと見つめていた。

＊

特別救助隊がユースケを助けに来た頃、公園の方から女性の悲鳴が聞こえた。公園へ戻ると女性が腰を抜かしており、その視線の先では八千草が兄に馬乗りになっているのが見えた。あとからやってきた警察が、懐中電灯で二人を照らす。八千草は泣いているような、それでいて少し笑っているような顔で、兄の背中に何度も包丁を振り下ろしていた。その度に、男の身体がくらんと反動で揺れた。

こちらに気づいた八千草は、男から離れて包丁を振り回しながら逃げた。しかしすぐに警察官に取り押さえられ、後ろ手に手錠をかけられた。

彼は殺人の容疑で現行犯逮捕された。本当の犯行現場を目撃した人が僕を除いて誰もいなかったこともあり、男を殺した犯人がユースケだと考える人は誰もいなかった。

取り調べでの八千草は支離滅裂だったらしい。それはそうだ。何を考えて息絶えた兄に包丁を突き刺したのか、本人も言葉にはできないだろう。まもなく精神鑑定を受けるそうだ。きっと責任能力は認められず、無罪になるだろう。

その後の彼はどうなるのか、少し気掛かりだった。しかしそれが以前の八千草に思い入れがあるせいか、それとも彼の人生に同情したからかは、まだ整理がついていない。

僕も警察の事情聴取を受けた。交通事故の様子を見に行った間に八千草が男を殺した、交通事故とは何も関係ない、と話した。質問にはなるべくあの兄弟以外の人間が不利にならないよう慎重に言葉を選び、話を作り上げた。

しかし一筋縄ではいかなかった。聴取の間、警察は疑いの目を僕に向け続けた。それはそうだと思う。事実通り述べたって理解しがたい真相だ。どれだけうまくはぐらかしたとしても、彼らの猜疑《さいぎ》心《しん》を完全に払拭《ふっしょく》するのは難しい。

近くに防犯カメラがなかったのは幸運だったが、包丁からユースケの指紋が発見されるかもしれないし、目撃者が名乗り出るかもしれない。あいつが殺人犯だと決定づけられる可能性は今後十分ある。

ユースケだけではない。僕のマグには男が口をつけたし、彼の手錠には僕の指紋がついている。自分も殺人幇助《ほうじょ》に問われかねない。安心できる日は一生来ないかもしれない。一度目の聴取を終えた警官は「またお呼び立てすることになるかもしれません」と僕に冷たく言った。

しかし、それでも別に構わない。何度事情聴取されたって、話すことは変わらない。何があったとしても僕は真相を語らないと誓う。それが自分ができる最大のことだと確信しているから。

ユースケはまだ集中治療室にいた。全身の打撲骨折と頭蓋《ずがいこつ》骨骨折に加えて脳にダメージが見られるらしく、完治する見込みがあるかはなんとも言えない状態だと担当医師は言った。

加賀宮は警察に「気晴らしにドライブをしていた」と話したそうだが、車内から手錠やスタンガン、催涙スプレーなどが発見されたことで、捜査が長引いている。しかし僕にはその理由が簡単にわかる。聞き覚えのある道具ばかりだ。彼は同じやり方で復讐するため、僕の家に向かっていたに違いない。

事件はつかみどころのなさからか世間を賑わせた。犯人がＤＤＬの社員だと報道されると、株価は下がり、ＡＩＤＡにも影響が及んだ。また警察があの管理人室を家宅捜索したことで、社内も落ち着かなくなった。あそこに住んでいたのが八千草の兄だったという話は尾ひれはひれがついて、あらぬ都市伝説のようになった。

僕自身も好奇の目で見られたが、それには慣れていた。どこ吹く風と今まで通り仕事に打ち込んでいると、やがて飽きたのか元通りになり、皆それぞれの仕事に集中した。ゴーストタウン・プロジェクトのチームも同じで、初めこそ八千草の不在に動揺したものの、彼の穴を埋めようと一丸となり、完成を目指して鼓舞し合った。

事件の翌日、芽々は実家に帰ってきた。モニカから連絡を受けたのは聴取が終わったすぐ後で、僕はその足で実家に向かった。

リビングにいた芽々は泣きそうな顔をしていた。

僕は彼女を抱きしめた。きっとひどい目に遭ったのだろう。そう思ったが、彼女から出た言葉は意外なものだった。「ユースケさん、大丈夫?」

芽々は実家に戻ったあと、ユースケと時々会っていたという。「ｏｔｈｅｒｗｉｓｅ」でママを待つ間、僕がトイレに行った隙《すき》を見てユースケが、「何かあったらいつでも相談乗るから。お兄さんに言いづらいこともあるだろうし」と連絡先を伝えていたらしい。以来芽々は不安になったり悩み事があるとユースケに相談していた。彼は親身になって話を聞いてくれたという。時々、ユースケの家にも遊びに行き、ご飯をご馳走《ちそう》になった。

「寝たことは？」

「はっ？　なに聞いてんの？」

芽々の顔が赤くなり、聞き方を間違えたことに気付く。

「そうじゃなくて、なんていうか、例えば昼寝みたいな」

「んーと」

芽々は少し考えて、「先週、ユースケさんがご飯作ってるの待ってるとき、ソファで寝ちゃった」と言った。

「そのとき、黒い布みたいなのあった？」

「ブランケットが黒だよ。え、なんで知ってんの？」

安心する僕の横で、「泊まったことはないからね！　そういうんじゃないから！

本当になにもないから！」と、芽々が焦《あせ》る。

「じゃあ、昨日、一昨日《おととい》は？　連絡もせずにどうしてたんだよ」

「え？　ユースケさんから聞いてないの？」

芽々が目を丸くする。

「大学入試で学校が休みだって言ったら、ユースケさんが急遽《きゅうきょ》温泉旅行をサプライズ

で プレゼントしてくれたの。『今から学校の友達と行っておいで。芽々ちゃんの家族にはもう伝えてあるから』って」

「スマホはどうしたんだよ」

「ユースケさんちでなくしちゃったの。『たまにはスマホなしで遊んだ方がいい。探しておくから』って言われたから、いっかって」

連絡できないよう、ユースケが隠したに違いない。もちろん郵便受けにいれたのも。

「旅行先で、ユースケさんが事故にあったってニュース見た。心配で、私……ねぇお兄ちゃん、ユースケさんは大丈夫なの？」

芽々がどれほどユースケに心を許していたか、彼女の言動を見ていればわかる。ホストで培《つちか》った人心掌握術を使えば、女子高生の心を掴むなんて容易《たやす》いことだろう。

「ユースケは生きてるよ」

芽々の肩の力が緩む。

「まだ予断を許さない状況だけど、あいつならきっと大丈夫だ」

「そうだね」

その声は力強く、内面もずいぶんと逞《たくま》しくなったように感じる。僕とこんな風に話せるだけでも明らかな変化だ。そこにユースケの影響を思わずにいられない。

ユースケは僕の弱みを握るために芽々に接触したのだろう。芽々を利用して僕を脅したことも許せない。それでも心の片隅で、小さく彼に感謝した。

＊

事故から一ヶ月後、ユースケが集中治療室から一般病棟に移ったと雫から連絡があり、見舞いに向かった。すっかり回復したものと期待したが、病室の彼はいまだ腕や足にギプスがはめられ、頭には包帯が巻かれており、たくさんの管に繋《つな》がれていた。しかしユースケの顔には傷ひとつなく、血色もよかった。あどけなささえ感じ、今にも目を覚まして走り出しそうなほどだ。

持参したアネモネを生ける。そのときになって事件現場の花を飾るのは不謹慎だったかもと思い直す。しかしその花は病室ともユースケとも、なんだか妙に合っていた。

「金平さん、よね」

振り返るとひとりの女性が立っていた。

「ええ。どちらさまですか？」

彼女は少しくすんだ瞳を向け、「ユースケの母です」と僕に言った。

「では美津子さんの」

「妹です。斉藤悦子《えつこ》と言います」

彼女の声は低く、かすれていた。胸元まである茶色い髪は傷《いた》んでいて、頬にはシミが目立った。ユースケには似ていたが、美津子にはあまり似ていない。

「あの」

僕が言葉を詰まらせると、「謝ったりしないで」と悦子は言った。

「どうせ、こいつが自分で起こしたことなんでしょ」

きつい言葉遣いとは裏腹に、彼女の手には小さな花束があった。

少し外で話さないかと悦子に誘われ、僕らは病院の庭にあるベンチに座った。そこは木陰になっていたが、葉の隙間からぱらぱらと日差しがこぼれ、水溜《みずた》まりのような光の塊があたりに散らばっていた。

「事故のとき、一緒にいたのよね」

「はい」

「美津子のことが原因？」

悦子は遠くを見て、そう言った。

「なんでそう思うんですか」

「あいつは昔からさ、私と真反対でね。私が好きなものは嫌いで、嫌いなものが好きなの」

風が吹くたび光の塊が不規則に揺れる。

「私は姉がだめでね。でも、ユースケは小さい頃から姉になついた」

「もしよかったらでいいんですが、美津子さんと悦子さんのこと、そしてユースケくんのこと、話してもらえませんか」

悦子の髪からタバコのにおいがした。

「私と美津子は二人姉妹の年子なの。父は幼い頃に借金を残して病死して、母もそれを追うように死んでしまって。だから私たちは西東京にある父方の祖父母の家で育てられた。そこがひどい所でさ。伯父夫婦も一緒に住んでいて、そいつらがことあるごとに私たちを……ね。よくあるやつだよ。思い出すのも辛い生活。それでも私たち協力し合って高校を卒業して、家を出ようと決心してたんだ。一緒に奨学金で国立大学に通って、大手の企業で働いていい生活をしようって夢見てた。でもね、実際それを実現できたのは姉だけだった。私は受験に失敗した。予備校に通ったけど、虚無感っていうのかな、もう勉強に身が入らなくて。予備校もそのうちやめて、安いアパート借りてバイトを転々としながら食いつないだ。姉は大学の寮で暮らしてたんだけど、ってくれたの。でも、旦那は全部私の面倒を見てくれてたよ。でも、どうしたって同情に感じてしまうじゃない、そんなんだと。上から目線に思えちゃう。余裕ぶりやがって、善人のふりしやがって、って。素直に感謝なんかできなかった。それでも姉は私を支えようとしてくれた。でもだめだよね。甘やかされて、どんどんだらしなくなっていっちゃった。そのうち夜のバイトをして過ごすようになって、そしたら今度は、姉が説教するようになった。否定ばっかりされるうちに、もうなにもかもやんなっちゃって。私は姉を避けるようになって、顔を合わせたらひどいことばかり言った。二十歳を過ぎたくらいに、地元の工場で働く三つ上の客と盛り上がって、それでできたのがユースケ。でもその男とも二年で離婚した。美津子は有名なおもちゃメーカーに就職してたんだけど、ってこのあたりは知ってる？」

「ええ、なんとなく」

そう答えると、彼女の長いつけ睫毛《まつげ》がゆっくり上下した。

「離婚するまであんまり会わなかったんだけど、私がシングルマザーになるって言ったらまたしつこく世話を焼くようになってね。稼ぐために自分のスナックを開いたから、夜はどうしても子供の面倒が見れないし、かといって頼るところもないし。仕事が終わったあとなら子供の面倒を見れるっていうから、しかたなくユースケを預けるようになった。そしたら、すっかりなついちゃってね。私とはほとんど口をきかないくせに。中学になるまでは毎日預けてたから、私が悪いんだけどさ。でも、どうすることもできなかったのよ」

親子だろう、車椅子《くるまいす》に乗った老女とそれを押す女性が空を指差して話している。

「子供産んだことないくせに、なんであんなに子育てが上手なのかしらね」

「美津子さん、お子さんはいなかったんですか」

答えを知っていながら質問する。流産したことを悦子やユースケが知っていたのか気になった。

「いないわよ。だってあの人、小さい頃から子供はいらないって言ってたもん」

あの男の話は嘘《うそ》だったかもしれない。でも加賀宮の言葉に反応した美津子を思うと、やはりそうも思えない。彼女はきっと、妊娠や流産をひとりで抱えていた。

「けど、あれだけユースケの面倒見といて、自分から死ぬなんて身勝手すぎるわよね」

親子が指差す先には、白い月が青空に貼《は》り付けたように浮かんでいる。

「姉もユースケも、みんな自分勝手。きっと私も」

目尻《めじり》から何本も広がった皺《しわ》にわずかな涙が流れている。

「姉の自殺はマンションの管理人から知らされたの。近隣から臭いってクレームが入ったみたいでね。そのあとのいろんな手続きに呼び出されたんだけど、ユースケが『俺にやらせてくれ』って言って聞かなくて。さすがに大変じゃない、まだ未成年だしさ。だけどね、あいつ本当に全部やったのよ。文句も言わずに。どこまでも、まめで面倒見がいいやつだよ。それも、美津子が育てたおかげなんだろうけどね」

悦子は黙って空を見つめ、手の甲で目尻を拭《ぬぐ》った。彼女の爪《つめ》は限りなく黒に近い赤で塗られていて、それは彼女が彼女であるために必要な色なのだと思った。

「ユースケさんのことは、僕の責任です。止められなかったのは僕が――」

「違うよ」

彼女はそう言って立ち上がり、髪をざっくりまとめてからタバコに火をつけた。

「あいつが事故った日、家に帰ったらテーブルに現金が置いてあった。それもかなりの額のね。あの子も美津子と一緒で、死ぬ気だったのよ」

そうなるかもしれないとユースケは思ったのだろう。今思えば、そのくらいの覚悟と気迫が彼にはあった。

「使えるわけないのに」

「彼の治療費にでも」

「私の貯金が尽きたら考えるわ。こんな私でも、一応あいつの親だからさ。責任みたいなの、あるし」

そう言って彼女はカバンを漁《あさ》り、「これもお金と一緒に置いてあった。『金平光太さんに渡してください』って。置き手紙はそれだけ」と自嘲《じちょう》気味に言った。そして彼女が取り出したのは、旧式のＵＳＢメモリだった。

40　チュベローズで待ってる

フロアの奥にある棚の引き出しから旧式USBのアダプタを見つけ、空いている会議室を探す。しかしどの部屋も使用中だったので、思い立ってあそこへ向かった。

管理人室の扉には立ち入り禁止の看板があったが、鍵《かぎ》はかかっていなかった。そもそもこの不気味な部屋に立ち入ろうとする人などいないし、中に入ったからといって誰も咎《とが》めない。事件に居合わせた僕とあれば、なおさらだ。

看板を避け、中へと入る。十五畳ほどのワンルームにはキッチンやトイレ、バスルームまであり、まさに住居だった。窓はない。物は全て警察に押収《おうしゅう》されたためもぬけの殻となっているが、壁や床の汚れが確かにあの男がここにいたことを物語っていた。

そして異様なほど静かだった。外部の音が嘘のように聞こえない。あの男はこの静寂の中に、ほとんどひとりでいた。

がちゃりと扉が開く。振り向くと、アンダーウッド副社長がいた。

「今日久しぶりに出社したら、金平くんがここに入るのが見えたんでね。いろいろと、ご苦労様でした」

杖《つえ》をついて歩く度に、こつこつと音が鳴る。

「下木さん」

僕がそう言っても彼は少しも表情を変えず、歩くペースも一定だった。

「なんですか」

「アンダーウッドで下木さんは、ストレートすぎます」

あの男から「下木さん」へのアドバイスに『ジェラジェラ』のアイデアもあったと聞いたときから、誰なのかだいたい想像がついた。彼がこの開発の中心にいたのは、ほとんどの社員が知っている話だ。

「名付けたのは私じゃなくて彼ですよ」

副社長は片方の手で壁に触れ、ゆっくりと部屋を回った。

「私はこんな会社にいるにもかかわらずゲームが下手でしてね。でもやるのは好きなんです。ただ、ゲームセンターだと登録名なんかが必要でしょう？　本名を登録したら成績が記録として残ってしまいます。遊びだとしても、仕事だとしても、アンダーウッドなんて名前で無様な結果ばかり残していては馬鹿《ばか》にされますし、ＡＩＤＡの社員としてもよくありません。ですので彼が、『ゲーム下手な下木さん』としてプレイすればいいと、このあだ名をプレゼントしてくれたんです」

そう言って彼はハンカチを出し、口元を押さえて咳《せき》をした。

「とても面白い男でした。実にもったいない」

副社長は何もない壁をじっくりと見た。

僕と彼とではきっと、この部屋の景色がまるで異なって見えているはずだ。ある壁にはモニターが、ある場所にはPCが。彼にはそんなイメージができるだろう。しかし僕にはただの空き部屋にしか思えない。あるのはあの男がここにいたのだろうという漠然とした実感だけで、彼のいた姿を適当に想像するしかできなかった。

「君が殺したんですか?」

彼は杖の先を僕に向け、穏やかな声でそう言った。

「そうかもしれません」

自分の判断が正しかったとは思えない。

どうすれば防げただろう。どうすれば男もユースケも八千草も、全員を助けることができただろう。美津子さえも。そう考えずにはいられない。いっそ、自分に全ての責任があると思い込んだ方が楽なのではとさえ思う。

だけど男は言った。君は――脇役だった、と。だとしたら僕にできることは、ほとんどなかったんじゃないだろうか。

「ですが、あなたは殺してないと言い切れますか？」

彼が再び咳をすると、濁った音が天井に当たり、跳ね返った。

「八千草さんに、あの男と美津子の関係を告げ口したのはあなたじゃないんですか。あなた以外にそれを知らせることができる人は」

「どうでしょうね」

「であればあなたは、あの男だけでなく、美津子も殺したことに――」

「勝手な想像で喋《しゃべ》りすぎると、足を掬《すく》われますよ」

そう言って彼は杖をすっと払った。

「終わったことは、どうでもいいではありませんか」

彼はゆっくりと僕に近づいた。

「そうだ、君にこの部屋をあげましょう。君は死んだ人が使っていた部屋が得意だって聞いていますよ」

そう言って彼は笑い、「失礼。嫌味で言ったんじゃありません」と続けた。

「金平くん。私は君のためなら力になりますよ」

「あの男も僕に『君のために僕は力になる』と言いました。どうしてあなたたちは僕に手を差し伸べるんですか。会社に有益だからですか」

「そうではありません」

副社長は床を杖でとん、とん、と叩いた。

「君には人を惹《ひ》きつける才能があるんでしょう。優しくしたくなるような何かが」

そして彼は背を向け、部屋から出ていった。

再び静寂が訪れる。初めは異様に感じたこの静けさも気付けば随分と慣れていた。仕事するには都合のいい部屋かもしれない。言われたように、死んだ人が使っていた部屋に抵抗はない。それ以上に人目に触れない便利さがあるようにも思える。

本来の目的を思い出し、床に座ってPCを開く。こうして作業をしていると、あの男になったような気がする。もちろん彼のそんな姿は見たことがないのに。

USBメモリを差し込み、データを見る。中身は「M」というソフトひとつだけで、開こうとするとパスワードの入力画面が表示された。試しに思いつくフレーズや数字、例えば美津子の誕生日や命日、ゴーストタウンに関する単語を打ち込んでみる。しかしどれも空振りだった。まさかと思いつつ僕の名前や誕生日を入力するも違う。記憶を遡《さかのぼ》って試すうちにどんどん惨《みじ》めな気分になったが、それでも諦《あきら》めることはできなかった。

美津子との日々を思い返していると、タウンメーカーの制作担当者から電話があった。

「金平さん、先ほど、タウンメーカーの第二プロトタイプができたんです。もうすぐＤＤＬに着くんですが、お時間ありますか？」

「ええ、ですが明後日の会議で確認する予定じゃ」

「はい。でも、どうしても最初に見てほしくて」

「そうですか。ちょっと待ってください。すぐに折り返します」

さすがにこの部屋に呼ぶわけにもいかない。電話を切って松村に会議室が何時に空くか確認してもらう。再び電話をかけ、「十五分後にＢ会議室に来てください」と伝える。

それまでパスワードを考えていたが、やはり開く気配はなかった。会議室に移り、もう少し粘っていると、担当者が現れた。

「すみません突然」

彼の額に玉のような汗が滲んでいた。

「手前味噌《みそ》ですが渾身《こんしん》の出来です！　どうか見てください」

そう言うと彼は小さな段ボール箱からタウンメーカーを出した。当初の予定とは違う卵型で、大きさはソフトボールほどだった。

「せっかくなんで金平さんのスマホでやってみましょう。アプリはインストールしてますよね」

「ええ、パイロット版のアプリなら」

「それでかまいません。起動してタウンメーカーの上にかざしてください」

言われるままに操作していくと、キャラクター化した僕自身がタウンメーカーの上に浮かび上がった。その映像は前回とは比べ物にならないほどクリアで、まさにそこに実在しているかのようだった。

「どうです?」

「素晴らしいです」

「他の機能も見てください」

スマホに「金平です」と入力すると僕のキャラクターは僕の声で「金平です」と喋った。それから3Dトーキングを試したり、動画を再生したりした。どれも申し分のないクオリティだった。

「これは社会現象になりますね」

僕がそう言うと、彼は興奮気味に「ええ。未来です」と応《こた》えた。

「タウンメーカーに携われて、心から幸せです。本当にありがとうございます」

彼はそう言って深く頭を下げた。

「やめてください。頭を下げたいのはこちらです。こんなにすごいものを作る方とご一緒できて光栄です」

「なにをおっしゃいます」

彼は顔をあげると、おもむろに僕の手を握った。

「ゴーストタウンのおかげで、中学時代出来の悪かった息子が『こういったゲームが作れるすごい大人になりたい』と、高校から猛勉強するようになり、今月から金平さんと同じ大学に通うことになりました。全て金平さんのおかげです。それに実は……息子の影響では私もゴーストタウンにすっかりはまりまして。あなたは私の憧《あこが》れです。いや、神様。王様で、帝王で、あとは――」

熱くなった彼はまくしたてるように僕を誉《ほ》めそやした。それを聞きながら、僕は違うことを考えていた。

「ありがとうございます。もう少し試していいですか？」

「もちろんです」

「できればひとりにしてもらえませんか。集中してプレイしたいので」

「わかりました。今日はもう予定がないので、このあたりで待ってます。終わったら連絡ください」

そう言うと彼はもう一度頭を下げ、会議室から出ていった。

ドアが閉まるなり、パスワードを入力する。

「Il Principe《イルプリンチペ》」

彼の言った「帝王」という言葉から、『君主論』を連想した。Il Principeはその原題だ。

しかしロックは解除されなかった。

「Fortuna《フォルトゥーナ》」

「運命」もダメだった。君主論関係ではないのだろうか。

改めて「M」というソフトのタイトルを目をやると、もうひとつだけ言葉が閃《ひらめ》く。

「M」というイニシャルは美津子ではなく――

「Machiavelli《マキャヴェッリ》」

君主論の著者、マキャヴェッリ。

PCから音が鳴り、画面に「SUCCESSO《スッチェッソ》」と現れた。イタリア語で成功という意。

喜びのあまり、思わずテーブルを叩いた。置かれていたタウンメーカーがぐらりと揺れる。

「Ｍ」が開かれると、再び入力画面が現れ、スマホのメールアドレスを打ち込むよう指示された。入力するなり、すぐにスマホにメールが届く。

メールには動画が添付されていた。再生をクリックするとタウンメーカーが起動し、空間に「Ｌｏａｄｉｎｇ」の文字が浮かび上がる。

接続したままにしていたせいで、動画がタウンメーカーで再生されてしまった。とはいえひとりなので解除する必要もないと思い、そのまま文字を眺める。

やがて浮かび上がったのは美津子だった。彼女は本当にそこにいるようで、生気さえ感じられた。

思わず息ができなくなり、僕は慌《あわ》ててアプリを終了した。

目の前に現れた美津子は、出会ったあの頃のままだった。

呼吸はなかなか落ち着かなかった。深呼吸し、もう一度アプリを起動する。

再び美津子が浮かび上がる。

彼女はうっすらと笑みを浮かべていた。

この動画を再生すれば彼女は動き出す。そう思うとなかなか覚悟が決まらず、僕はしばらくの間、止まったままの彼女を眺めた。

窓の向こうで陽が沈んでいく。暗くなればなるほど、美津子はより鮮明に浮かび上がった。

陽が完全に沈んだら再生する。そう決めて、僕は窓の外を眺め続けた。

夜が訪れ、美津子を見る。彼女は僕の合図を待っている。

数秒目を閉じ、そして再生を押す。

光也さん

あなたは今、これを何で見ていますか？

スマホですか？

わざわざスマホで見るようにしたのは

タウンメーカーができていればいいなぁという願いを込めてです

これが見られるのは二〇二五年以降なのですが

そちらは今、何年ですか？

もしかしたら今の私より年上ですか？

ゴーストタウンは完成しましたか？
きっと光也さんならやってくれたと思うのだけど、少しだけ心配です
でもできてると思って話します
できていなければ、今ここで止めてください

しばらくの間。そして再び美津子が口を開く。

光也さん
ゴーストタウンを作ってくれて、ありがとう
そして、おめでとう
私はもうあなたの近くにはいないけれど
遠くからその姿を見ていられたらと思います
私はあなたを傷つけることになるでしょう
それも、何度も
もう私のことを嫌いになっているかもしれません
どのような思いでゴーストタウンを完成させたのか

今の私には知る術《すべ》もありません
ただ、それが執着でも復讐《ふくしゅう》でも、作り上げたのはあなたです
私のアイデアだと思わずに、存分に誇ってください
どうして死んだのか、とあなたは思っているでしょう
でも私が死んだことで、あなたはこれを完成させたのだと思います
私が死ぬことで、あなたは強くなると思う
私に甘えず、自分で夢を叶《かな》えられる人になると思う
いいように言ってごめんなさい
今これを見ているあなたは
私をなんてエゴイスティックな女だと思っているでしょうね
そうです
私はとてもひどい女です
私の復讐に付き合わせたとも言えるわけですから
でも、私はあなたを利用しようとしたわけじゃないの
あの人みたいに
誰かわかるわよね

あなたを操作したかったわけでもないの
確かに私はあなたに不純な理由で近づきました
勘のいい光也さんならすでに理由はわかっているでしょう
でもあなたと話すたび
会うたび
失った幸福
気取った言い回しはよくないね
あなたのことが好きになりました
とても幸せだと思いました
だから死のうと思ったのです
これはきっとわかってもらえないけれど
私はいつも流されて生きてきました
妹のため、甥《おい》のため、愛する人のため、会社のため
そんな風には見えないかもしれないけど
私はそう感じてました
だから死ぬときだけは自分の決断で死にたい

誰かをたとえ傷つけることになっても
ずっとそう思っていたのです
唯一《ゆいいつ》のわがままをそのときだけ叶えさせてほしい
それが今なのです
あなたにとってはあの日ですね
私には耐えきれないほど辛《つら》いことがありました
死にたくなるような日々でした
この先どれだけいいことがあっても
私に付きまとう過去の不幸は変わりません
どれだけ人を愛そうと
子供を産もうと
失ったものは返ってきません
自分のことも嫌いになってしまいました
でもそれで死ぬのではありません
もし次に
幸せと感じられる日々があるとしたら

その絶頂のときに死にたい
私はそう決めていたのです
あなたが初めて私に唇を重ねたとき
私が拒絶したのを覚えていますか
あれは、もっと生きてしまいそうだったから
あなたを好きになってしまうと
もっと生きたくなってしまうから
だから私はあなたと一定の距離を取ろうと決めていました
でも光也さんは私を求めた
それが嬉《うれ》しかった
何より日々大人になっていくあなたが
ホストとしても成長していくあなたが
可愛《かわい》かった
あなたをチュベローズで待ってるあのときの
高まるような気分は
幸福は

私の人生の最も大切な思い出になりました
ありがとう
私を求めてくれて
あなたは先ほどAIDAに内定したと喜んでいました
私も自分のことのように嬉しい
人生の最期《さいご》は、私が一番幸福な今
このとき
あなたに会えたことが嬉しかったから
私は死にます
光也さんなら私の分までできる
生きてくれると思う
わがままでごめんね
じゃあね
心から
愛してた

再生が終わると、彼女は微笑《ほほえ》んだままフリーズした。

もう一度動画を再生する。美津子が「光也さん」と僕を呼ぶ。

話し続ける彼女に手を伸ばす。しかし僕の手は彼女の姿を通り抜ける。触れることができないのに、どうして彼女の体温がここにあるのだろう。

「愛してた」と彼女が言ってまた微笑む。また再生する。美津子は何度も僕の名前を呼ぶ。

視界が滲《にじ》んでいても、まぶたを閉じても、彼女の顔がはっきり僕の目に映る。

息苦しいままなのに、首のあたりがすっと緩まるのを感じる。今まで絡《から》んでいた何かがゆっくりと外れていくように、楽になっていく。

僕は離れていくそれを必死で摑《つか》もうとした。けれどもうどこにもない。

耐えきれず、自分で自分の首を絞める。

――あなたに会えたことが嬉しかったから
強く強く、両手で握りしめる。

——あなたをチュベローズで待ってるあのときの　高まるような気分は　幸福は
私の人生の最も大切な思い出になりました

僕をチュベローズで待っている美津子の横顔が、小さくソファに座っている彼女の姿が、そして僕を見ては少し照れ臭そうに俯《うつむ》いて笑う表情が、いくつもの美津子が僕の中にある。

——ありがとう　私を求めてくれて

どれだけ強く握りしめても、僕は壊れそうにない。どうして美津子にはできたのに自分にはそれができないんだろう。

——人生の最期は、私が一番幸福な今

行かないでほしい。ずっとここにいてほしい。
僕は何度も映像を再生した。何度も美津子の「愛してた」を聴き、聴くたびに寂しくなり、悲しくなり、それでいて少し嬉しくなったりもして、そんな自分に嫌気がさして、また寂しくなって、恋しくなって、死にたくなって、でも死ねる気がしなくて、ただ泣いた。

また美津子に手を伸ばす。

感触はない。

けれど彼女の輪郭をなぞるうちに、美津子を撫《な》でているような気になる。

彼女は僕に反応しない。それでも心から愛してたと僕に伝えてくれる。本当に自分勝手だ。

ふと「ｉｎｃｏｍｉｎｇ　ｃａｌｌ」という文字が空間に表示される。と同時に、美津子は消えていなくなった。スマホに着信が来ている。

僕は電話に出ず、再び彼女が現れるのを待った。しかし電話はいつまでも鳴り続ける。どれだけ待っても、文字は美津子に切り替わろうとしない。

諦めてスマホを手に取り、袖《そで》で顔を拭《ふ》く。シャツの袖についたボタンが頬を引っ掻いた。タウンメーカーとの接続を切り、電話に出る。

「もしもし、なに？」

「あれ？　どうしたの？　もしかして、泣いてた？」

「泣いてないよ」

窓を見る。光が明滅する夜景に、自分の赤らんだ顔が透けて重なる。その顔を、一機の飛行機がゆっくりと通過していく。

END

あとがき

『チュベローズで待ってる』の文庫化にあたり、本作が長く読まれることを願って大幅な改稿を加えました。

本作の『ＡＧＥ22』は「週刊ＳＰＡ！」（扶桑社）で二〇一六年六月から十一月まで連載されていたのをまとめたものです。単行本では、作中の年代は物語の構想を練り始めた二〇一五年、そして十年後を描いた書き下ろし『ＡＧＥ32』は二〇二五年となっておりました。

二〇一七年の単行本化から五年、現実世界もあと数年というところまで迫っています。しかし二〇一五年〜二〇二五年という時代が本作の要点ではなく、少し先の近未来という距離感の保持が肝心だと考え、作中における年代の明言を避けるに至りました。

その他、五年という月日で変化した私の感覚などもあり、多くの部分を改稿する運びとなりました。単行本の展開を気に入っておられた方もいらっしゃるかもしれませんが、どうぞご理解頂きたく存じます。

本作の文庫化に至るまで、多くの方の協力がありました。初の長期連載をサポートしてくださった扶桑社の方々、そして文庫化に際して多くの助言をくださった新潮社の方々、刊行当時から本作を応援して頂き解説まで引き受けてくださった大森望様、その他関わってくださった全《すべ》ての方々に改めてお礼を申し上げます。

二〇二二年四月現在の時点で、執筆当時に思い描いた近未来とは多くが異なっています。タクシーはいまだ有人ですし、3Dホログラムも『ゴーストタウン』も実現しておりません。それどころか不測の疫病《えきびょう》が蔓延《まんえん》し、突如として始まった戦争は停戦の目処《めど》が立たないなど時代を逆戻りしているかのようです。目を覆《おお》いたくなるような現実ばかりですが、それでも我々は逞《たくま》しく、知性を持って、ささやかな愛と幸福を見逃すことなく今を生きなければなりません。であれば光太の未来も、明るく照らされていることを著者として願うばかりです。

本作では多く『君主論』を引用させて頂きましたが、五百年も前の書物ですし、実際には全てを現代に置き換えてトレースすることはできないでしょう。

しかし『チュベローズで待ってる』でも引用した末尾――ペトラルカの言葉に限っては、いつの時代も真理であると私は信じてやみません。『徳は凶暴に対して武器をとり、速やかに戦いを終えん』。

改めて、本作を手に取って頂き、誠にありがとうございました。

二〇二二年四月

加藤シゲアキ

参考文献

『罪と罰』　ドストエフスキー　亀山郁夫訳　光文社古典新訳文庫
『君主論』　マキアヴェッリ　佐々木毅訳　講談社学術文庫

解説

大森　望

二十二歳の大学生、〝僕〟こと金平光太《かねひらこうた》は、三十社以上受けた就職試験に全敗。一社だけ最終面接まで漕《こ》ぎつけたスマホゲーム大手のDDLからも不採用を告げられ、新宿で飲んだくれていたとき、怪しい関西弁を使うカリスマホストの雫《しずく》にスカウトされる。ルックスにもコミュニケーション能力にも自信のない光太だが、就職留年を決めた以上、家族のためにも金を稼がなければならない。かくして光太は、まったく馴《な》染《じ》みのなかった夜の世界に飛び込み、一年間の期間限定でホストとして働くことを決意する……。

『チュベローズで待ってる』の上巻にあたる『AGE22』の物語は、そんなふうに幕を開ける。題名の〈チュベローズ〉とは、光太が働くことになるホストクラブの店名。

その名の由来になったチュベローズ（tuberose）は、メキシコ原産のリュウゼツラン亜科に属する球根植物で、長い茎の先に清楚《せいそ》な白い花をつける。エキゾチックな甘い芳香を放ち、夜になるととくにその香りが強くなることから、〝月下香〟とも呼ばれる。ちなみに、著者の小説デビュー作『ピンクとグレー』ではファレノプシス（胡蝶《こちょう》蘭《らん》）が、第二作の『閃光《せんこう》スクランブル』ではダリアが、それぞれ重要な役割を果たしている。また、第三作の『Burn.―バーン―』には〝ローズ〟（薔薇《ばら》）という名前のドラッグクイーンが登場する。植物は、加藤シゲアキ作品のテーマをあらわすシンボルなのかもしれない。

二〇一二年から二〇一四年にかけていずれも書き下ろしで発表されたこれらの三長編は、渋谷を主な舞台にしているため、〈渋谷サーガ〉と呼ばれているが、ホストクラブ〈チュベローズ〉の所在地は新宿。日本最大の歓楽街・歌舞伎町《かぶきちょう》のはずれに位置している。作中にくりかえし出てくる稲荷鬼王《いなりきおう》神社は、すぐ近くにある花園神社ほど有名ではないものの、歌舞伎町二丁目に実在する。現在、〝鬼王〟の名を持つ神社は日本でここだけだとか。

この『ＡＧＥ22』がホスト稼業《かぎょう》の舞台裏（および就活）を描く青春小説だとすれば、その九年後に幕を開ける『ＡＧＥ32』はゲーム業界内幕小説と言えなくもない。作品の雰囲気はまるで違うが、両者はあくまで二冊でひとつの物語。その証拠に、章番号は本をまたいでつながっていて、二十二歳の秋に始まる『AGE22』には1章から19章まで、三十二歳の夏に始まる『AGE32』には20章から40章までが収められている。全体を通してみると、『AGE22』で提出された謎《なぞ》が『AGE32』で解かれる仕組み。『AGE22』で張りめぐらした伏線を思いがけないかたちで回収するのが『AGE32』だと言ってもいい。実際、単行本で読んでいたときは、驚愕《きょうがく》の真相が明された瞬間、あまりのことに開いた口がしばらくふさがらなかった。小説を読んでこんなにびっくりしたのはひさしぶり。いままで見えていた景色が一変する、どんでん返しミステリーの醍醐味《だいごみ》をこの作品で味わうことになろうとは……。

と、つい筆が先走ったが、この『チュベローズで待ってる』全二冊は、加藤シゲアキの第四長編。小説の著書としては、短編集『傘をもたない蟻《あり》たちは』（二〇一五年）に続く五作目となる。『AGE22』のほうは、二〇一六年六月から〈週刊SPA！〉に十九週にわたって連載。全編書き下ろしの『AGE32』を加えて、二〇一七年十二月に扶桑社から四六判ソフトカバーの単行本として二冊同時に刊行された。発売直後から大きな話題を呼び、一年間に読んだ小説の中でもっとも面白いと思った作品一作に一般読者が投票する「Twitter 文学賞」（第8回）で、二〇一七年の国内編1位を獲得。さらに、今回の文庫化にあたって全面的に改稿されている。

単行本刊行時に〈ダ・ヴィンチ〉誌に掲載された著者インタビュー（取材・文＝吉田大助）によれば、もともと〈週刊ＳＰＡ！〉編集部から、サラリーマンの話を書いてほしいと依頼があり、「いろいろ考えた結果、就活を入口にして〝サラリーマンになるまで〟と〝サラリーマンになってから〟の二部構成にするのはどうか」と思いついて、こういうかたちに落ち着いたという。著者いわく、

「ホストのことは結構調べたんですかってよく聞かれるんですけど、月収とかデータとして必要なもの以外は、ほぼ調べていないです。ただ、アイドルとしての僕がやっていることは、ファンの皆さまに楽しんでほしいという意味でホストとそんなに遠くないと思うんです。それに、ジャニーズ事務所って男だらけの、それでいて魑魅魍魎《ちみもうりょう》の集団じゃないですか。いろんな伝説は耳に入ってくるし、僕自身も年上の先輩に憧《あこが》れた部分もたくさんあった。そういった経験が、チュベローズの男たちの描写に入り込んできているのかなと思います。例えば、雫が〝まつげが落ちてるよ〟ってウソをついて女の人の体を触る、とか。自分はやらないけど、ジャニーズの誰かが女性を口説く時にやりそうだな、と（笑）」

男性アイドルとしての長年の経験（加藤シゲアキがオーディションを経てジャニー

この作品は二〇一七年十二月扶桑社より刊行された。
文庫化に際し大幅に加筆・修正した。

伊坂幸太郎著　**オーデュボンの祈り**

卓越したイメージ喚起力、洒脱な会話、気の利いた警句、抑えようのない才気がほとばしる！　伝説のデビュー作、待望の文庫化！

伊坂幸太郎著　**ラッシュライフ**

未来を決めるのは、神の恩寵か、偶然の連鎖か。リンクして並走する4つの人生にバラバラ死体が乱入。巧緻な騙し絵のごとき物語。

伊坂幸太郎著　**重力ピエロ**

ルールは越えられるか、世界は変えられるか。未知の感動をたたえて、発表時より読書界を圧倒した記念碑的名作、待望の文庫化！

伊坂幸太郎著　**フィッシュストーリー**

売れないロックバンドの叫びが、時空を超えて奇蹟を呼ぶ。緻密な仕掛け、爽快なエンディング。伊坂マジック冴え渡る中篇4連打。

伊坂幸太郎著　**砂漠**

未熟さに悩み、過剰さを持て余し、それでも何かを求め、手探りで進もうとする青春時代。二度とない季節の光と闇を描く長編小説。

伊坂幸太郎著　**ホワイトラビット**

銃を持つ男。怯える母子。突入する警察。前代未聞の白兎事件とは。軽やかに、鮮やかに。読み手を魅了する伊坂マジックの最先端！

宮部みゆき著
魔術はささやく
日本推理サスペンス大賞受賞

それぞれ無関係に見えた三つの死。さらに魔の手は四人めに伸びていた。しかし知らず知らず事件の真相に迫っていく少年がいた。

宮部みゆき著
レベル7《セブン》

レベル7まで行ったら戻れない。謎の言葉を残して失踪した少女を探すカウンセラーと記憶を失った男女の追跡行は……緊迫の四日間。

宮部みゆき著
返事はいらない

失恋から犯罪の片棒を担ぐにいたる微妙な女性心理を描く表題作など6編。日々の生活と幻想が交錯する東京の街と人を描く短編集。

宮部みゆき著
淋しい狩人

東京下町にある古書店、田辺書店を舞台に繰り広げられる様々な事件。店主のイワさんと孫の稔が謎を解いていく。連作短編集。

宮部みゆき著
火車
山本周五郎賞受賞

休職中の刑事、本間は遠縁の男性に頼まれ、失踪した婚約者の行方を捜すことに。だが女性の意外な正体が次第に明らかとなり……。

宮部みゆき著
理由
直木賞受賞

被害者だったはずの家族は、実は見ず知らずの他人同士だった……。斬新な手法で現代社会の悲劇を浮き彫りにした、新たなる古典！

村上春樹著

世界の終りとハードボイルド・ワンダーランド
谷崎潤一郎賞受賞（上・下）

老博士が〈私〉の意識の核に組み込んだ、ある思考回路。そこに隠された秘密を巡って同時進行する、幻想世界と冒険活劇の二つの物語。

村上春樹著

ねじまき鳥クロニクル
読売文学賞受賞（1〜3）

'84年の世田谷の路地裏から'38年の満州蒙古国境、駅前のクリーニング店から意識の井戸の底まで、探索の年代記は開始される。

村上春樹著

海辺のカフカ（上・下）

田村カフカは15歳の日に家出した。姉と並んだ写真を持って。世界でいちばんタフな少年になるために。ベストセラー、待望の文庫化。

村上春樹著

1Q84
—BOOK1〈4月—6月〉前編・後編—
毎日出版文化賞受賞

不思議な月が浮かび、リトル・ピープルが棲《す》む1Q84年の世界……深い謎を孕《はら》みながら、青豆と天吾の壮大な物語《ストーリー》が始まる。

村上春樹著

東京奇譚集

奇譚＝それはありそうにない、でも真実の物語。都会の片隅で人々が迷い込んだ、偶然と驚きにみちた5つの不思議な世界！

村上春樹著

騎士団長殺し
第1部 顕れるイデア編（上・下）

一枚の絵が秘密の扉を開ける——妻と別離し、小田原の山荘に暮らす孤独な画家の前に顕《あらわ》れた騎士団長とは。村上文学の新たなる結晶！

恩田陸著 **球形の季節**

奇妙な噂が広まり、金平糖のおまじないが流行り、女子高生が消えた。いま確かに何かが大きく変わろうとしていた。学園モダンホラー。

恩田陸著 **六番目の小夜子**

ツムラサヨコ。奇妙なゲームが受け継がれる高校に、謎めいた生徒が転校してきた。青春のきらめきを放つ、伝説のモダン・ホラー。

恩田陸著 **ライオンハート**

17世紀のロンドン、19世紀のシェルブール、20世紀のパナマ、フロリダ……。時空を越えて邂逅する男と女。異色のラブストーリー。

恩田陸著 **夜のピクニック**
吉川英治文学新人賞・本屋大賞受賞

小さな賭けを胸に秘め、貴子は高校生活最後のイベント歩行祭にのぞむ。誰にも言えない秘密を清算するために。永遠普遍の青春小説。

恩田陸著 **中庭の出来事**
山本周五郎賞受賞

瀟洒なホテルの中庭で、気鋭の脚本家が謎の死を遂げた。容疑は三人の女優に掛かるが。芝居とミステリが見事に融合した著者の新境地。

恩田陸著 **歩道橋シネマ**

その場所に行けば、大事な記憶に出会えると——。不思議と郷愁に彩られた表題作他、著者の作品世界を隅々まで味わえる全18話。

三浦しをん著
格闘する者に◯《まる》
漫画編集者になりたい——就職戦線で知る、世間の荒波と仰天の実態。妄想力全開で描く格闘の日々。才気あふれる小説デビュー作。

三浦しをん著
私が語りはじめた彼は
大学教授・村川融をめぐる女、男、妻、娘、息子……それぞれの「私」は彼に何を求めたのか。人間関係の危うさをあぶり出す、連作長編。

三浦しをん著
風が強く吹いている
目指せ、箱根駅伝。風を感じながら、たすき繋いで、走り抜け！「速く」ではなく「強く」——純度100パーセントの疾走青春小説。

三浦しをん著
きみはポラリス
すべての恋愛は、普通じゃない——誰かを強く大切に思うとき放たれる、宇宙にただひとつの特別な光。最強の恋愛小説短編集。

三浦しをん著
天国旅行
すべてを捨てて行き着く果てに、救いはあるのだろうか。生と死の狭間から浮き上がる愛と人生の真実。心に光が差し込む傑作短編集。

三浦しをん著
秘密の花園
それぞれに「秘めごと」を抱える三人の女子高生。「私」が求めたことは——痛みを知ってなお輝く強靭な魂を描く、記念碑的青春小説。

筒井康隆著
旅のラゴス
集団転移、壁抜けなど不思議な体験を繰り返し、二度も奴隷の身に落とされながら、生涯をかけて旅を続ける男・ラゴスの目的は何か？

筒井康隆著
ロートレック荘事件
郊外の瀟洒な洋館で次々に美女が殺される！史上初のトリックで読者を迷宮へ誘う。二度読んで納得、前人未到のメタ・ミステリー。

筒井康隆著
パプリカ
ヒロインは他人の夢に侵入できる夢探偵パプリカ。究極の精神医療マシンの争奪戦は夢と現実の境界を壊し、世界は未体験ゾーンに！

筒井康隆著
世界はゴ冗談
異常事態の連続を描く表題作、午後四時半を征伐に向かった男が国家プロジェクトに巻き込まれる「奔馬菌」等、狂気が疾走する10編。

筒井康隆著
家族八景
テレパシーをもって、目の前の人の心を全て読みとってしまう七瀬が、お手伝いさんとして入り込む家庭の茶の間の虚偽を抉り出す。

筒井康隆著
七瀬ふたたび
旅に出たテレパス七瀬。さまざまな超能力者とめぐりあった彼女は、彼らを抹殺しようと企む暗黒組織と血みどろの死闘を展開する！

重松清著 ビタミンF
直木賞受賞
もう一度、がんばってみるか——。人生の"中途半端"な時期に差し掛かった人たちへ贈るエール。心に効くビタミンです。

重松清著 きよしこ
伝わるよ、きっと——。少年はしゃべることが苦手で、悔しかった。大切なことを言えなかったすべての人に捧げる珠玉の少年小説。

重松清著 卒業
大切な人を失う悲しみ、生きることの過酷さ。それでも僕らは立ち止まらない。それぞれの「卒業」を経験する、四つの家族の物語。

重松清著 くちぶえ番長
くちぶえを吹くと涙が止まる。大好きな番長はそう教えてくれたんだ——。懐かしい子ども時代が蘇る、さわやかでほろ苦い友情物語。

重松清著 きみの友だち
僕らはいつも探してる、「友だち」のほんとうの意味——。優等生にひねた奴、弱虫や八方美人。それぞれの物語が織りなす連作長編。

重松清著 青い鳥
非常勤の村内先生はうまく話せない。でも先生には、授業よりも大事な仕事がある——孤独な心に寄り添い、小さな希望をくれる物語。

天久鷹央の推理カルテ

知念実希人著

お前の病気《ナゾ》、私が診断してやろう——。河童、人魂、処女受胎。そんな事件に隠された〝病〟とは？ 新感覚メディカル・ミステリー。

スフィアの死天使
―天久鷹央の事件カルテ―

知念実希人著

院内の殺人。謎の宗教。宇宙人による「洗脳」。天才女医・天久鷹央が〝病〟に潜む〝謎〟を解明する長編メディカル・ミステリー！

幻影の手術室
―天久鷹央の事件カルテ―

知念実希人著

手術室で起きた密室殺人。麻酔科医はなぜ、死んだのか。天久鷹央は全容解明に乗り出すが……。現役医師による本格医療ミステリ。

甦る殺人者
―天久鷹央の事件カルテ―

知念実希人著

容疑者は四年前に死んだ男。これは死者の復活か、真犯人のトリックか。若い女性を標的にした連続絞殺事件に、天才女医が挑む。

火焔の凶器
―天久鷹央の事件カルテ―

知念実希人著

平安時代の陰陽師の墓を調査した大学准教授が、不審な死を遂げた。殺人か。呪いか。人体発火現象の謎を、天才女医が解き明かす。

魔弾の射手
―天久鷹央の事件カルテ―

知念実希人著

廃病院の屋上から転落死した看護師。死体に全く痕跡が残らない〝魔弾〟の正体とは？ 天才女医・天久鷹央が挑む不可能犯罪の謎！

梨木香歩著

裏庭

児童文学ファンタジー大賞受賞

荒れはてた洋館の、秘密の裏庭で声を聞いた——教えよう、君に。そして少女の孤独な魂は、冒険へと旅立った。自分に出会うために。

梨木香歩著

西の魔女が死んだ

学校に足が向かなくなった少女が、大好きな祖母から受けた魔女の手ほどき。何事も自分で決めるのが、魔女修行の肝心かなめで……。

梨木香歩著

春になったら莓を摘みに

「理解はできないが受け容れる」——日常を深く生き抜くことを自分に問い続ける著者が、物語の生れる場所で紡ぐ初めてのエッセイ。

梨木香歩著

家守綺譚

百年少し前、亡き友の古い家に住む作家の日常にこぼれ出る豊穣な気配……天地の精や植物と作家をめぐる、不思議に懐かしい29章。

梨木香歩著

冬虫夏草

姿を消した愛犬ゴローを探して、綿貫征四郎は家を出た。鈴鹿山中での人人や精たちとの交流を描く、『家守綺譚』その後の物語。

梨木香歩著

鳥と雲と薬草袋／風と双眼鏡、膝掛け毛布

土地の名まえにはいつも物語がある。地形や植物、文化や歴史、暮らす人々の息遣い……旅した地名が喚起する思いをつづる名随筆集。

畠中恵作
柴田ゆう絵
新・しゃばけ読本

物語や登場人物解説などシリーズのすべてがわかる豪華ガイドブック。絵本『みぃつけた』も特別収録！『しゃばけ読本』増補改訂版。

畠中恵著
しゃばけ
日本ファンタジーノベル大賞優秀賞受賞

大店の若だんな一太郎は、めっぽう体が弱い。なのに猟奇事件に巻き込まれ、仲間の妖怪と解決に乗り出すことに。大江戸人情捕物帖。

畠中恵著
ぬしさまへ

毒饅頭に泣く布団。おまけに手代の仁吉に恋人だって？ 病弱若だんな一太郎の周りは妖怪がいっぱい。ついでに難事件もめいっぱい。

畠中恵著
ねこのばば

あの一太郎が、お代わりだって?! 福の神のお陰か、それとも…。病弱若だんなと妖怪たちの「しゃばけ」シリーズ第三弾、全五篇。

畠中恵著
えどさがし

時は江戸から明治へ。仁吉は銀座で若だんなを探していた――表題作ほか、お馴染みのキャラが大活躍する全五編。文庫オリジナル。

畠中恵著
またあおう

若だんなが長崎屋を継いだ後の騒動を描く「かたみわけ」、屏風のぞきや金次らが昔話の世界に迷い込む表題作他、全5編収録の外伝。

西條奈加著

千両かざり
―女細工師お凜―

女だてらに銀線細工の修行をしているお凜は、神田祭を前に舞い込んだ大注文に天才職人時蔵と挑む。職人の粋と人情を描く時代小説。

西條奈加著

善人長屋

差配も店子も情に厚いと評判の長屋。実は裏稼業を持つ悪党ばかりが住んでいる。そこへ善人ひとりが飛び込んで……。本格時代小説。

西條奈加著

閻魔の世直し
―善人長屋―

天誅を気取り、裏社会の頭衆を血祭りに上げる「閻魔組」。善人長屋の面々は裏稼業の技を尽し、その正体を暴けるか。本格時代小説。

西條奈加著

大川契り
―善人長屋―

盗賊に囚われた「善人長屋」差配の母娘。店子が救出に動く中、母は秘められた過去を娘に明かす。縺れた家族の行方を描く時代小説。

西條奈加著

上野池之端
鱗や繁盛記

「鱗や」は料理茶屋とは名ばかりの三流店。名店と呼ばれた昔を取り戻すため、お末の奮闘が始まる。美味絶佳の人情時代小説。

西條奈加著

せき越えぬ

箱根関所の番士武藤一之介は親友の騎山から無体な依頼をされる。一之介の決断は。関所を巡る人間模様を描く人情時代小説の傑作。

チュベローズで待《ま》ってる　AGE32

新潮文庫　か-93-2

令和四年七月一日発行

著者　加《か》藤《とう》シゲアキ

発行者　佐藤隆信

発行所　株式会社新潮社

郵便番号　一六二—八七一一
東京都新宿区矢来町七一
電話 編集部(〇三)三二六六—五四四〇
読者係(〇三)三二六六—五一一一
https://www.shinchosha.co.jp

価格はカバーに表示してあります。

乱丁・落丁本は、ご面倒ですが小社読者係宛ご送付ください。送料小社負担にてお取替えいたします。

印刷・錦明印刷株式会社　製本・錦明印刷株式会社

© Shigeaki Kato 2017　Printed in Japan

ISBN978-4-10-104022-6　C0193